MW01710814

Sylvie Brien

Les enquêtes de
Vipérine Maltais

L'Affaire du collège indien

Illustrations
de Gianni De Conno

GALLIMARD JEUNESSE

Avec mes remerciements à Huguette Boivin,
intervenante montagnaise du Centre d'amitié autochtone
de Val d'Or, Abitibi, pour la documentation fournie.

À la mémoire de tous les enfants sacrifiés
dans les pensionnats indiens.

© Gallimard Jeunesse, 2006

Notre conscience est un juge infaillible
quand nous ne l'avons pas encore assassinée.

Honoré de Balzac

Ce roman est une œuvre de fiction. Les références à des personnes réelles, vivantes ou décédées, à des endroits existants et à des événements historiques ne sont utilisées que dans le but de donner à cette fiction un cadre culturel et historique approprié. Tous les autres noms, personnages, lieux et événements de ce livre sont le produit de l'imagination de l'auteur, et toute ressemblance avec des personnes réelles, vivantes ou décédées, n'est que pure coïncidence.

PROLOGUE

Le vieux collège grillait, sa robe de pierre léchée par les flammes. Une fumée dense et noire emplissait la nuit sans lune. Un cri ou un hurlement surgissait parfois des crépitements du brasier, vite emporté par l'haleine glaciale du vent qui soufflait en bourrasques. À l'intérieur du bâtiment, prises au piège, des élèves affolées couraient dans tous les sens. C'était le sauve-qui-peut général. Et j'étais du nombre.

Soudain, une immense lueur illumina le plafond de la salle de musique où je m'étais réfugiée, pour l'embraser d'un coup. J'eus tout juste le temps de me protéger la figure d'un avant-bras pour contrer la masse de feu qui

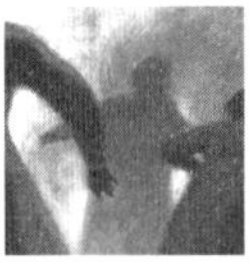

tombait sur moi. C'était la fin, j'allais mourir. Je poussai un cri qui me glaça moi-même le sang. Une trombe d'eau déferla sur mon visage en même temps que la lumière crue du plafonnier me brûla les pupilles.

Je m'assis raide dans mon lit. Je reconnus avec surprise le dortoir du couvent Sainte-Catherine, ses lits méticuleusement alignés en belles rangées droites, séparés par des chaises. À côté de moi se dressait notre sœur économe. Vêtue de sa robe noire, elle me pointait d'un index outré en balançant sa cornette de droite à gauche. Son autre main tenait encore le verre d'eau qui lui avait servi à m'asperger.

– Sœur Aurore ! m'exclamai-je avec soulagement.

– Debout, mademoiselle la paresseuse, je ne vous le répéterai pas quatre fois ! fulmina-t-elle.

Cette façon horrible qu'elle avait de rouler les *r* acheva de m'éveiller. L'incendie n'était donc qu'un vilain rêve ! Je sautai sur mes jambes, me saisis de la serviette suspendue au dossier de ma chaise.

– Vous adoptez à présent l'habitude déplorable de certaines de vos compagnes de vous lever en retard ? poursuivit-elle, acerbe. Les bonnes manières se perdent même chez les premières de classe, bonté divine !

J'écartai le balai noir qui me faisait office de frange. Une nonne myope et malhabile l'avait taillée la semaine précédente, la parsemant de vilaines coches inégales. Autour de moi, les pensionnaires affairées à leur besogne matinale replaçaient leurs édredons en me jetant des coups d'œil

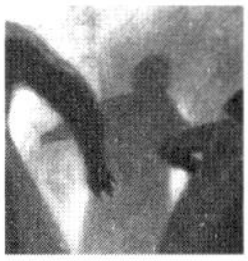

entendus. Ma sœur Olivine, d'un an ma cadette, osa même risquer la mimique du poisson dans le dos de la nonne, ouvrant et refermant la bouche comme l'aurait fait la plus stupide des sardines. Ce qui eut l'effet de noyer instantanément ma mauvaise humeur.

L'incident fut vite balayé, mis au rancart des faits cocasses de ce 1er avril 1921. Après la messe, à mon arrivée au réfectoire bondé, un ragot bien plus captivant bruissait à travers la cacophonie infernale de la vaisselle entrechoquée. Armée du plateau qui contenait mon pain et ma bouillie d'avoine, je me dirigeai aussitôt vers le conciliabule des ricaneuses qui prenaient leur repas du matin avec ma petite Olivine.

– Il paraît que sœur Saint-Ignace a reçu un télégramme de son ancien amoureux, chuchotait une fille. Tiens, voilà Vipérine !

– Dis donc, tu fais la grasse matinée ? gloussa à mon endroit la rousse Alice Bourret, après avoir mordu à belles dents dans sa tartine à la gelée de bleuets.

– J'ai fait un de ces cauchemars ! expliquai-je en gagnant la place qui m'était attribuée à leur longue table.

J'ouvris un tiroir pour m'emparer du couvert enveloppé dans ma serviette de table, que je disposai trop bruyamment devant moi. Ma sœur me pointa avec sa cuiller remplie de gruau.

– Les bonnes manières se perdent, bonté divine ! imita-t-elle en roulant ses *r* comme le faisait l'économe. Vous êtes en retard, mademoiselle…

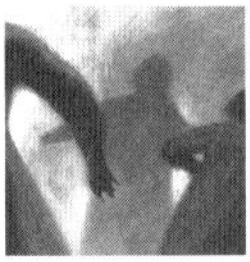

Le geste eut tôt fait d'asperger sa robe noire de serge, l'uniforme obligatoire du couvent.

– Tu devrais toujours enfiler ton tablier rayé, Vivine, la rabrouai-je, une main tendue pour frotter le tissu.

C'était plus fort que moi, je me sentais responsable du bien-être de ma sœurette du fait que maman n'était plus là. Le surnom plein d'affection que je lui avais trouvé en était la plus belle preuve.

– Tu me prends pour un bébé ? répliqua Olivine, vexée. Et pourquoi tu ne te réveillais pas, toi ? Quand tu as hurlé, j'ai cru que l'économe allait faire un *infractus* !

– Infarctus, la corrigeai-je. J'ai hurlé, moi ? Je faisais un cauchemar horrible dont je n'arrivais pas à me sortir. C'était d'une réalité à couper le souffle. Un pensionnat s'envolait en fumée, mais ce n'était pas le nôtre.

– Dommage, j'aurais bien pris quelques jours de congé, maugréa-t-elle. En tout cas, cesse de me reprendre tout le temps !

– Je rêve encore ou vous étiez en train de colporter que sœur Saint-Ignace a déjà eu un amoureux ? m'informai-je en catimini.

Le cercle des têtes que nous formions se rétrécit à la façon d'une marguerite se refermant pour la nuit.

– Ce matin, la sœur directrice a reçu une dépêche du père Cloridan, chuchota Alice. J'ai lu le nom sur l'enveloppe. Comme je cours vite, c'est moi qu'on a chargée

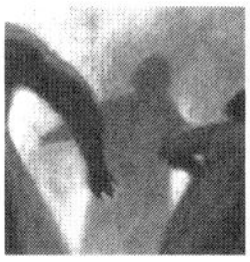

d'aller lui porter. Si vous aviez vu Saint-Ignace, elle était toute pâmée !

– Idiote ! pouffai-je. Un Don Juan pour la supérieure, et quoi encore ? Un Don Quichotte pour l'économe, peut-être ?

À l'image évoquée, nous éclatâmes de rire. Les yeux d'Olivine s'arrondirent soudain de terreur en fixant l'espace au-dessus de ma tête et deux mains se posèrent au même moment sur mes épaules.

– Petite impertinente ! hurla dans mon dos la sœur économe. Chez la mère supérieure et tout de suite !... Bonté divine !

La cloche annonçant le début des cours avait sonné et l'étage entier était à présent désert. Figée devant la porte entrouverte, je humai le parfum d'agrume du parquet ciré qui luisait comme une patinoire, puis je me mordis la lèvre. Installée à sa table de travail, la sœur directrice, ma minuscule grand-tante, paraissait ce matin bien soucieuse. Sous l'impeccable voile sombre à frontal blanc, son visage s'absorbait dans la lecture d'une lettre qui, de toute évidence, la chagrinait beaucoup. Sans doute était-ce là le fameux télégramme dont Alice avait parlé.

– Cesse donc de m'espionner, Vipérine Maltais ! lança-t-elle soudain, après m'avoir reconnue dans l'interstice. Ferme la porte et assieds-toi, j'ai à te parler.

Une pointe d'irritation perçait dans sa voix, qu'elle avait en temps normal profonde et tranquille comme

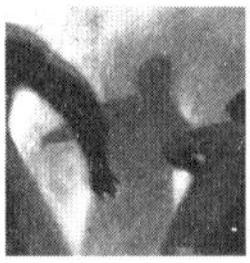

l'eau d'un lac. La sexagénaire fronça les sourcils, déposant avec précaution le feuillet qui tremblait dans ses mains fripées, décorées de grosses veines proéminentes. J'obéis, un peu décontenancée. À tout hasard, j'avais préparé quelques mots pour excuser mon retard matinal, que je bredouillai en triturant le rebord de ma robe. Elle me fit taire, agacée.

– Nous reparlerons de ton décalage horaire plus tard, ma chère enfant. Pour l'instant, je dois t'entretenir d'un sujet beaucoup plus urgent.

– Je vous écoute, ma tante, fis-je avec un soupir de soulagement.

La sœur directrice me couva d'un regard bienveillant.

– Tu sais à quel point j'ai confiance en toi, Vipérine. En dépit de tes treize ans, tu es, dans ce couvent, la plus perspicace de toutes nos élèves. Mais savais-tu que notre réputation à toutes deux a franchi la limite de nos murs ?

– Notre réputation ? repris-je sans comprendre.

Ses petits yeux marron brillèrent de fierté derrière le verre épais de ses montures. Elle se pencha vers moi, pardessus le bureau, empoignant le crucifix qu'elle avait au cou et qui raclait le bois depuis le début de notre entretien.

– On réclame notre aide, annonça-t-elle. Je viens de recevoir un télégramme du proviseur du pensionnat de Saint-Elme, le père Cloridan. Il m'annonce qu'un incendie a éclaté dans son internat. Il réclame notre secours de toute urgence. Tiens, lis plutôt…

Je demeurai abasourdie devant la mystérieuse coïncidence, me remémorant le rêve horrible dont le petit matin m'avait fait cadeau. Je me saisis du feuillet qu'elle me tendait avec insistance pour le lire à haute voix :

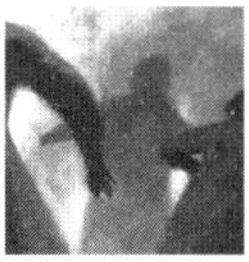

Feu Saint-Elme – stop
S.O.S. crime ou accident – stop
Menace fermeture – stop
Venez avec Vipérine – stop – *Urgent.*

– Y a-t-il eu des victimes ? m'enquis-je, le cœur battant.

– Dieu seul le sait, gémit la supérieure, qui se tordait les mains. Mais je crains qu'il y ait eu beaucoup de dégâts matériels pour lesquels, hélas ! je sais trop bien qu'il n'existait aucune assurance. Le pensionnat éprouve de graves difficultés financières par les temps qui courent, vois-tu ?

– Je vois, ou plutôt je ne vois pas ce que nous pouvons y changer, ripostai-je en pianotant sur le pupitre.

Ma grand-tante me saisit les doigts, ce qui interrompit mon concerto.

– Le père Cloridan s'interroge sur l'origine de cet incendie, Vipérine. Le très cher directeur semble croire qu'un être malveillant l'a provoqué intentionnellement. Et il n'est pas homme à s'inventer des histoires, crois-moi !

La nonne se mit à déambuler à travers la pièce comme une âme en peine.

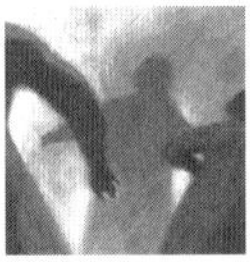

– Mais pourquoi aurait-on voulu faire périr ces petits innocents ? Le collège de Saint-Elme est au bord du gouffre financier, il est vraiment sans-le-sou, m'expliqua-t-elle. Une histoire criminelle éclatant au grand jour pourrait lui être fatale et décourager les rares donateurs qui pourvoient aux soins des pensionnaires. Ces enfants sont, pour la plupart, de pauvres orphelins sans foyer. Cloridan a besoin de nous, Vipérine. C'est un véritable appel au secours qu'il nous envoie.

– Clo-ri-dan..., repris-je sur un ton un peu sarcastique.

– Je veux dire : le père Cloridan, corrigea vivement Saint-Ignace.

Elle enfila ses mains dans les poignets de son costume comme s'ils étaient des manchons.

– Lorsque nous étions enfants, la famille du père Cloridan et la mienne habitaient le même quartier, tint-elle à préciser afin de dissiper tout malentendu. Nous nous connaissons donc depuis cinquante ans et entretenons une correspondance tout amicale. J'écris deux fois l'an au cher homme afin d'échanger avec lui des nouvelles de nos parentés respectives.

– Vous l'aviez informé du dénouement de notre dernière enquête* ?

– Évidemment, j'en étais si fière ! répondit-elle. Un excès d'orgueil, sans doute, que notre économe, sœur

*Voir *Mortels Noëls*.

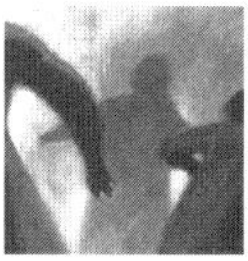

Aurore, n'hésiterait pas à dénoncer. Mais nous formons toutes les deux, ma chère enfant, une si belle équipe !

Comme elle passait à ce moment-là derrière ma chaise, elle en profita pour me tapoter l'épaule. Je déglutis. En dépit du fait que ma grand-tante s'attribuait la moitié du mérite de notre dernière enquête, celle-ci m'avait laissé un arrière-goût bien âcre. Je gardais la pénible impression d'avoir besogné toute seule pour la résoudre.

– Maintenant, va vite te préparer, Vipérine. Il ne faudrait pas manquer le train qui part dans deux heures pour la région de Joliette ! annonça-t-elle d'un ton inopiné.

Je me levai comme un ressort :

– C'est vrai, ma tante, nous allons voyager en gros char* ?

– Doux Jésus, il le faut bien ! Comment veux-tu faire une enquête sérieuse sans inspecter d'abord les lieux du crime ? rétorqua-t-elle. Nous avons jusqu'à dimanche soir pour tenter d'élucider le crime de Saint-Elme. Il n'est pas question de te faire manquer plus d'une journée d'école.

Un doute fugace allait traverser mon esprit, mais Saint-Ignace l'extirpa *illico* avec son habituel lasso d'optimisme.

*Train, au Canada.

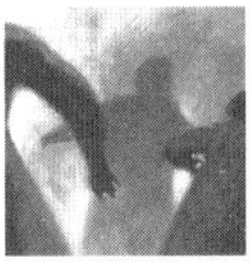

– N'oublie pas qu'on peut toujours ce que l'on veut dans la vie, ma petite Vipérine, plaida-t-elle, comme si elle lisait dans mes pensées. Et fais-moi le plaisir d'enlever ce poisson ridicule qu'on t'a accroché dans le dos.

Je l'embrassai, puis courus jusqu'au dortoir préparer mon bagage, arrachant en chemin l'espèce de poisson-lune qu'une farceuse m'avait collé entre les omoplates. J'enfouis également dans mon sac le carnet et le crayon que ma grand-tante m'avait offerts aux fêtes. « Je n'ai besoin de rien d'autre », me dis-je.

Toutefois, si j'avais soupçonné le fumant embrouillamini qui nous attendait au tournant de cette enquête, peut-être aurai-je hésité avant de me rendre à Saint-Elme sans pistolet à eau.

1/ Le père Cloridan

Nous aurions préféré nous éclipser à la sauvette, bien sûr. Mais puisque c'était l'heure de la récréation, une poignée de couventines nous intercepta pour nous escorter jusque sur le parvis du couvent.

– Chouchou ! m'avait lancé Alice-la-jalouse avec un regard chargé de reproches. On sait bien, toi, tu es la nièce de la supérieure…

– Moi aussi, je suis la nièce de la supérieure, avait protesté Olivine.

Ma sœur m'avait dévisagée, écarquillant les yeux comme si elle avait peine à croire que j'obtienne plus de faveurs qu'elle. Puis, par orgueil, elle s'était retenue de pleurer.

– La prochaine fois, c'est toi que j'emmènerai, avait tempéré notre grand-tante en se hissant jusqu'à son oreille pour la consoler. Toi et Alice...

Ces mots m'avaient réconfortée car je ne voulais pour rien au monde causer de chagrin à ma sœurette chérie. C'était injuste, mais il me fallait admettre qu'Alice Bourret avait raison : Vivine et moi étions les préférées de Saint-Ignace, la tante de maman, qui nous gardait sous son aile depuis la mort de celle-ci. Cela durait depuis douze ans, c'est-à-dire depuis la naissance d'Olivine.

J'inspectais à présent le quai de bois de la gare Bonaventure, où grouillait une masse de voyageurs pressés et endimanchés. Le tramway nous avait laissées à l'une des portes de l'élégant bâtiment de briques chapeauté d'un triple toit à balustrades forgées. J'avais enfilé mon manteau de drap vert et mon béret de couventine, mais l'humidité de ce début d'avril me gelait jusqu'aux os. Un haut-parleur beugla des directives incompréhensibles. La religieuse m'empoigna la main et, délaissant l'abri de la marquise, réussit tant bien que mal à se faufiler avec sa valise jusqu'au panache de fumée d'une locomotive qui entrait en gare.

– Vas-tu m'aider à monter la marche trop haute, ma petite Vipérine ? s'inquiéta-t-elle.

Ce qui fut fait sans encombre, étant donné son poids coq. Ma grand-tante semblait avoir oublié que je la dépassais de trois têtes depuis belle lurette. Si Saint-Ignace

pesait une plume, j'évaluai cependant le poids de sa valise à une demi-tonne et j'eus toutes les misères du monde à la lui tendre du bas du marchepied.

Elle choisit des places à rabais à l'arrière d'un wagon de queue peu achalandé et je m'installai aussitôt, le nez contre la grande fenêtre. Le chef de gare, un vieil homme jovial et moustachu, vêtu d'un uniforme à double rangée de boutons dorés et coiffé d'un petit képi plat, vérifia nos billets.

– Saint-Elme, ma bonne sœur ? s'étonna-t-il. Pas très recommandable, ce pensionnat perdu !

– Je ne vous demande pas votre avis, jeune homme, cingla-t-elle.

Décidément, cette manie qu'avait ma grand-tante d'appeler « jeune homme » tout mâle qui n'avait pas encore soufflé ses quatre-vingts bougies m'embarrassait un peu...

– Bon, à ce que j'en disais, moi, c'était pour vous rendre service, bafouilla-t-il. Vous serez à destination en moins de deux.

Deux heures seulement ? C'était bien peu pour mon premier voyage ! Je cachai ma déception en m'absorbant dans la contemplation du paysage grisâtre d'avril et de ses arbres aux cimes encore chauves, secouée par les ronflements de la nonne. Elle roupillait avant même que le train n'ait pris sa vitesse de croisière ! Cette musique allait d'ailleurs ponctuer toute la durée de notre trajet.

Le train nous abandonna finalement devant une petite gare en pleine nature, au toit en pagode, dont le quai de bois vermoulu était totalement désert. S'il n'avait été cette pancarte défraîchie qui pendouillait au-dessus de la porte et qui indiquait Saint-Elme, je nous aurais certainement cru égarées dans un mauvais western.

– J'espère reconnaître le père Cloridan, lança tout à coup Saint-Ignace, qui peinait sous le poids de sa grosse valise de cuir marron.

– Il y a longtemps que vous ne l'avez pas vu ? m'informai-je en lui portant secours.

– Cela fera trente ans cette année. J'espère qu'il a bien reçu mon télégramme…

Au même instant, une exclamation fusa dans notre dos.

– Belzémire !

J'effectuai une volte-face, pivotant à quatre-vingt-dix degrés sur mes talons, pour me retrouver devant un maigre géant à soutane noire. Le sexagénaire arborait un nez large, de très longues oreilles et un menton en gavroche. Ses cheveux tout gris et sa barbichette semblaient aussi hirsutes et empoussiérés que les poils d'un plumeau, ce qui donnait à son allure générale un je-ne-sais-quoi d'hurluberlu. Une corde lui pendait à la taille en guise de ceinturon, à laquelle était suspendu un énorme trousseau de clés.

– Vous faites erreur, monsieur l'abbé, répondis-je tout de go. Aucune de nous ne s'appelle Belzé…

– Cloridan ! Tu n'as pas changé d'un iota ! s'exclama ma grand-tante.

– Ni toi non plus, P'tite vie !

Ébahie, je vis Saint-Ignace se précipiter vers l'individu, dont elle serra les doigts avec emphase. Elle était aussi courte qu'il était haut sur pattes, ce qui rendait leurs effusions on ne peut plus étranges et disparates.

– Je te présente ma nièce Vipérine Maltais.

Il me broya cordialement la main.

– J'ai entendu parler de votre perspicacité, jeune fille. Comme vous semblez l'ignorer, votre grand-tante se nommait Belzémire Tremblay avant de prendre le voile et le nom d'Ignace, son saint protecteur et modèle, tint-il à souligner, comme pour accroître mon embarras.

Perspicace, disait-il ? Je me sentais parfaitement idiote, oui ! Il ne m'était jamais venu à l'esprit que ma grand-tante put avoir un autre nom que celui de Saint-Ignace. Mais si elle portait en réalité un prénom aussi ridicule que le mien, sans doute la pauvre était-elle entrée en religion pour pouvoir en changer.

Le père Cloridan se passa un coup de langue sur les dents supérieures, tic qui me répugnait au plus au point.

– Je suis si heureux, si heureux que vous soyez venues, bégaya-t-il.

Son regard s'agrippa avec désespoir à celui de sa vieille amie, s'embuant sans retenue ni orgueil. Il avait, au-dessus de profonds cernes, l'iris aussi gris que le ciel de

cette mémorable matinée. Une grosse larme alla s'écraser contre la commissure de sa bouche.

– C'est un épouvantable drame qui nous frappe, geignit-il après s'être mouché bruyamment. Pourquoi ce vaurien s'en prend-il à nos pauvres enfants ? Combien seront-ils à périr si un nouvel incendie vient à éclater ?

– L'école n'a donc pas totalement brûlée ? comprit la religieuse.

– Non. Par miracle, les flammes ont été maîtrisées et il n'y a eu qu'un seul blessé. Néanmoins, puisque son plan démoniaque a échoué, je crains que le coupable ne récidive. S'il s'est servi d'un radiateur pour commettre son forfait, qu'est-ce que ça sera la prochaine fois ? Je vous supplie de l'épingler avant que toute l'école n'y passe.

– Qu'est-ce qui vous fait croire à un crime ? demandai-je.

– Le fil du téléphone a été tranché ; la coupure a été faite au couteau.

L'argument avait en effet de quoi convaincre le plus perplexe des incrédules. Pas moi. Une pluie épaisse et glacée se mit soudain à tomber. Le proviseur s'empara de nos bagages :

– Suivez-moi, mes amies, mon buggy* vous attend. Nous poursuivrons cette conversation en chemin. Dites donc, elle est lourde, cette valise...

*Petite voiture tirée par un cheval.

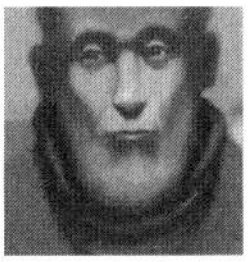

– Tu boites ? remarqua la nonne.

– Ce matin, j'ai reçu la facture du réparateur de la chaudière et elle m'est tombée sur le pied, lança-t-il d'un air morose.

Comme l'humour noir ne lui seyait pas du tout, personne ne pensa à rire. Je me glissai derrière avec nos sacs de voyage tandis que ma grand-tante s'asseyait à côté de notre larmoyant cocher. Je fouillai ma poche de sœur à la recherche de mon bloc-notes et de mon crayon à mine. La voiture se mit en branle.

– Puisque la facture vous a été remise, père Cloridan, c'est que le système de chauffage est déjà réparé ? réalisai-je, étonnée.

Je me heurtai douloureusement l'épaule contre la portière. Ce chemin de traverse, qui semblait mener aux confins de nulle part, était aussi cahoteux et aussi sinueux que les montagnes russes du parc d'attractions Dominion. Tout en guidant son vieux cheval, le religieux tourna la tête vers moi.

– Bien sûr que non, répondit-il d'un ton courtois. Mais soyons précis : c'est le radiateur de la salle 3B qui était défectueux depuis l'ouverture du collège et non pas la chaudière de l'école.

– Une chaudière, c'est ce que ton papa appelle aussi une fournaise, m'expliqua ma grand-tante.

– Cette classe n'est donc utilisée qu'aux fins de retenue, car les élèves y gèlent comme des rats, poursuivit le père

Cloridan. C'est hier après-midi qu'un employé de l'Union des chaufferies, un dénommé Charland, s'est enfin décidé à venir faire la réparation. Après son départ, le chauffage de la 3B fonctionnait très bien. J'ai pu moi-même le vérifier en posant la main sur le radiateur. C'est pour cette réparation-là qu'il y a eu facturation.

– L'incendie a peut-être été provoqué par un mauvais rafistolage ? tentai-je.

– Tu importunes notre hôte avec tes questions, fit remarquer ma grand-tante.

– Il faut bien que l'une de nous se décide à amorcer l'enquête ! répliquai-je.

– Ta nièce va vite en besogne, mais elle a raison ! me défendit avec véhémence le religieux qui, sans doute, voulait se montrer sympathique. Puisque vous n'avez qu'une fin de semaine pour résoudre ce crime, il n'y a pas une minute à perdre.

Je revins donc à la charge.

– Vous pourriez nous résumer les événements ? demandai-je.

Il se soumit de bonne grâce, esquissant en direction de sa vieille amie un sourire un peu contraint.

– Il devait être vingt heures hier quand les flammes ont surgi dans l'unique classe du rez-de-chaussée, la fameuse 3B, où travaillaient deux élèves, soupira-t-il. Notre collège est chauffé grâce à un système à eau chaude, généré par une chaudière installée au sous-sol. C'est mon

adjoint, le frère Majorique, qui a découvert Menon Saganash vers vingt et une heures ; il était inanimé. Le mur au-dessus du radiateur était en flammes et l'incendie ravageait le plancher. Le bâtiment, très ancien, a été évacué sur le champ. Je demeure persuadé que personne n'aurait réchappé au brasier si le feu avait débuté après l'heure du coucher.

– Vous avez fait appel aux pompiers ? m'enquis-je.

– Cela va de soi, mais comme je vous l'ai dit, le fil du téléphone avait été coupé. J'ai dû enfourcher un cheval pour aller les appeler de la maison voisine, à un mille d'ici. Dans l'intervalle, des voisins ont tenté sans succès de nous prêter main-forte. Les pompiers sont arrivés au bout d'une heure mais, cette fois-ci, c'était leur lance d'incendie qui faisait défaut.

– Ce n'est pas de chance, fit Saint-Ignace.

– Hors d'usage elle aussi ? m'étonnai-je.

Drôle de hasard, tout de même…

– Fendue, à cause du gel. Nous en étions réduits à assister au désastre sans pouvoir réagir, maugréa le directeur du pensionnat.

– Le feu a pourtant été circonscrit.

– Absolument et ce, grâce à l'ingéniosité de l'un de nos pensionnaires, confirma-t-il. Le jeune Bertholin Chamaillard a pensé faire pleuvoir sur la classe, par la fenêtre de la porte condamnée, une pluie de boules de neige. Précisons que le sol était encore tout enneigé hier soir.

En quelques minutes, à cent soixante-huit mains, les flammes ont été étouffées sous l'avalanche !

– C'est un miracle, admit la nonne.

La voiture s'était arrêtée devant un immeuble délabré, le seul bâtiment que nous ayons rencontré sur notre route. Il était planté aux abords d'un champ qui semblait à l'abandon depuis des années.

– Voici le collège de Saint-Elme, annonça notre guide d'une voix morne. Il abrite pour l'instant quatre-vingts garçons de cinq à seize ans, ainsi que leurs professeurs. P'tite vie...

L'émotion lui noua à nouveau le larynx. J'arrondis les yeux, consternée. Cette école n'avait rien de l'immense internat de mon cauchemar.

Le lugubre bâtiment de trois étages se dressait sous le couvert d'arbres centenaires et squelettiques. Un crépi brique avait habillé ses murs dans des temps révolus, recouvrement que le vent avait arraché par plaques, comme l'aurait fait Alice Bourret pour le glaçage de ses petits fours. Deux cheminées de pierre, plantées aux extrémités, s'écroulaient de misère. Dégrossi à la hache, un escalier de bois permettait d'accéder à la porte centrale du collège. Cette entrée, réduite à sa plus simple expression, était coiffée d'un clocher à corniche sculptée, d'où perçait une fenêtre dont la majorité des carreaux étaient brisés. Et là, juste en dessous, assis au beau milieu des marches, un garçonnet pleurait, les

épaules secouées par d'incontrôlables sanglots. Il leva sur nous son petit visage qu'il avait enfoui dans ses menottes. Je réalisai qu'il n'avait pas six ans et qu'il était indien.

– Je veux ma maman ! hoqueta-t-il, les bras tendus vers moi.

Le sang ne fit qu'un tour dans mes veines et je sentis mon cœur se crisper d'effroi. Quelle désolation, quelle tristesse ! Rien ne me peinait plus que le chagrin d'enfants sans mère, moi qui étais privée de la mienne depuis ma tendre enfance. Néanmoins, comme je n'avais gardé d'elle aucun souvenir, je ne pouvais qu'imaginer la souffrance engendrée par la mort d'un être si cher.

Tandis que le père Cloridan accourait au secours de son jeune pensionnaire, l'angélus se mit à carillonner à tue-tête. Un tintamarre de raclement de pieds de chaises lui fit écho.

– Il est midi, tous les élèves s'en vont au réfectoire, nous expliqua-t-il après avoir séché les joues du gamin. Mouche ton nez et rejoins tes camarades, Simon. Tu reverras ta maman très bientôt, je te le promets.

Le bambin obéit en ravalant un sanglot. Je demeurai un moment abasourdie. Ce gamin avait donc encore sa mère ? Mais alors, pourquoi l'en avait-on privé ? Le sexagénaire offrit une main secourable à Saint-Ignace, qui tentait depuis un moment de s'extirper de la voiture.

– Ce petit a l'air malade, remarqua-t-elle.

– Si loin de son village natal, il souffre de mélancolie, soupira le religieux. J'ai parfois l'impression qu'il va se laisser mourir.

Puis, le père Cloridan entreprit de nous faire visiter l'extérieur du bâtiment. Je remarquai quelques collégiens qui nous épiaient par l'une des fenêtres du second. C'est ma petite Olivine qui aurait été chamboulée de voir tous ces garçons ! Sur l'un des côtés de la bâtisse, où le terrain avait été piétiné sans pitié, une porte calcinée avait été barricadée avec des matériaux de fortune. Une petite mare de boue stagnait sur le seuil.

– C'est la classe incendiée, confirma notre guide. Nous avons dû fracasser la fenêtre de la porte pour éteindre les flammes.

Je m'approchai de l'ouverture à pas circonspects et tentai d'actionner la poignée.

– Cette entrée est condamnée depuis l'ouverture du collège, me renseigna-t-il. On accède à la salle 3B par l'intérieur du bâtiment seulement. Le parloir, la buanderie, le réfectoire et les cuisines se trouvent également au rez-de-chaussée. Toutes les autres classes sont au premier. Quant aux dortoirs, celui des petits et celui des grands, ils sont installés au dernier étage.

Je m'accroupis sur le sol détrempé afin d'examiner quelques marques suspectes fichées dans la boue, des marques ressemblant à celles qu'auraient laissées deux lames parallèles de patins à glace. L'espace qui les séparait avait d'ailleurs la largeur d'une bottine.

– Attention, tu vas prendre un bain de pieds ! m'avertit Saint-Ignace.

– Le collège a été aménagé dans un vieux manoir à moitié ruiné, nous expliqua le père Cloridan. Les habitants du coin racontent que l'endroit est hanté par l'esprit d'un pauvre diable, à qui le propriétaire avait refusé le gîte une nuit d'hiver. En fait, Saint-Elme n'aurait jamais dû ouvrir ses portes : l'état des lieux est trop pitoyable pour y accueillir des pensionnaires. Nous manquons du nécessaire et neuf de nos enfants dorment déjà au cimetière, P'tite vie...

Le religieux semblait ravagé et indigné par cet état de fait. Comme il s'arrachait les cheveux, la nonne lui empoigna les mains pour le réconforter. Je me relevai, un peu ébranlée par ce que je venais d'entendre.

– Vous n'étiez pas d'accord avec l'ouverture du pensionnat ? le questionnai-je.

– J'avais demandé qu'on installe Saint-Elme dans le beau village de l'Assomption, pas dans cette espèce de bled perdu.

– Puisque vous n'aviez pas d'assurance contre l'incendie, Saint-Elme n'aurait pas été reconstruit s'il avait tout brûlé, soupesai-je. Dans ce cas, vous auriez pu réaménager votre école à l'Assomption.

Il me dévisagea un court moment, bouche bée, tandis que son haut front se plissait à la façon d'un accordéon.

– C'est que... je..., bredouilla-t-il.

– Franchement, Vipérine ! me rabroua ma grand-tante, mal à l'aise.

– Nous sommes pauvres comme Job, réfuta le proviseur, dont l'humeur et les yeux s'assombrissaient aussi rapidement que le ciel s'ennuageait. Avant-hier, le courtier qui m'a visité m'a conseillé de souscrire à une assurance contre le feu, mais les primes étaient trop élevées pour notre petit pécule. Quelle malchance…

Pour un peu, il se remettait à pleurer.

– Allons examiner la chaudière, décréta dare-dare Saint-Ignace.

Tandis que notre hôte ouvrait la marche, elle m'agrippa par une manche.

– Veux-tu bien me dire ce qui te prend de soupçonner le père Cloridan ? chuchota-t-elle, exaspérée. Ce n'est tout de même pas lui notre coupable !

– Il faut demeurer objectives, ma tante, répliquai-je avec mauvaise humeur.

L'odeur de brûlé qui parfumait le collège me fit éternuer. Nous déambulâmes à la queue leu leu sous les yeux éberlués d'un collégien de mon âge, vêtu d'un vilain uniforme marine, dont le pantalon trop court lui remontait à mi-mollets. Le pauvre n'avait plus que la peau sur les os. Pourquoi n'allait-il pas manger avec ses camarades au lieu de nettoyer le plancher à lattes avec son balai de crin, celui-là ? Bien qu'il ait le crâne rasé, son doux visage aux traits réguliers, qu'illuminaient un teint olivâtre et

des yeux bridés, le faisait ressembler à un Amérindien. Il s'immobilisa en me suivant d'un regard si triste que mon cœur se serra une nouvelle fois.

Pour nous rendre à la chaufferie, il fallut descendre à la cave, puis traverser un sombre couloir parsemé d'une multitude de portes et de garçons aux uniformes rapiécés. Tous avaient les cheveux couleur de jais. Sur notre passage (surtout le mien), ils riaient et se poussaient du coude en fanfaronnant. Je fis évidemment semblant de ne pas les voir, mais je sentais mes joues devenir aussi écarlates que des cerises de France. Un coup de sifflet ramena le silence derrière moi.

– En rang ! entendis-je hurler un enseignant en soutane. Ceux qui parlent seront privés de leur partie de crosse* !

Le proviseur déverrouilla l'une des serrures avec une clé qui pendait à sa taille.

– L'accès est interdit aux élèves depuis ce matin, précisa-t-il.

Le cliquetis me donna la pénible impression d'être incarcérée.

Il régnait dans la chaufferie une chaleur et un vacarme infernaux, mais la tuyauterie des chaudières semblait en parfait état de marche. Appuyée contre l'armoire à balais, une étagère poussiéreuse exposait des bouteilles de nettoyants, brunes et opaques. Je remarquai un petit

* Jeu d'origine amérindienne qui se joue avec une balle et une crosse munie d'un filet.

cercle de saleté sur une tablette. De toute évidence, il manquait une bouteille.

– Il n'y a pas eu d'incendie ici, constata Saint-Ignace d'une voix forte.

– Pas la moindre étincelle, reconnut son ami, qui avait quant à lui placé sa main en porte-voix pour être bien entendu. La défaillance (si défaillance il y a !) semble s'être produite uniquement au niveau du radiateur de la salle 3B. Je trouve bizarre qu'un simple calorifère à eau puisse produire une chaleur capable d'allumer un incendie, P'tite vie.

Je m'approchai du système de chauffage pour en ouvrir la porte du cendrier. Tandis que je farfouillais la cendre avec un tisonnier, le père Cloridan, fin pédagogue, jugea bon de m'expliquer le fonctionnement de la chaudière.

– Un moteur électrique permet le transport du combustible jusqu'au foyer où il sera brûlé. La réserve est remplie tous les deux jours. Vous avez trouvé quelque chose dans la cendre, jeune fille ?

– Un bouchon et quelques débris de verre, provenant sans doute de la bouteille qui manque sur la tablette.

– Rien de très concluant, je le crains. Je crois inutile de rester plus longtemps dans tout ce ramdam. Venez plutôt inspecter la classe à l'étage supérieur.

Ainsi fut fait. La salle 3B était au tiers calcinée. À l'exemple de celles du couvent Sainte-Catherine, un ordre édifiant, un peu étrange vu les circonstances, régnait tou-

jours à travers les rangées de pupitres intacts disposés devant le bureau du maître et le grand tableau noir. Une suie épaisse maculait la collection de couvre-chefs accrochée au-dessus du radiateur.

– Ce sont les chapeaux des différents corps de métier, m'expliqua le père Cloridan, qui avait suivi mon regard. Pompier, soldat, policier, cheminot. Tiens, où est passé le casque du mineur ?

Je déambulai, l'écoutant d'une oreille distraite. Près de la fenêtre, un bougeoir arborait une chandelle qui penchait comme la tour de Pise, pliée sous l'action de la chaleur. Je fronçai les sourcils, contrariée : de toute évidence, le plancher et le mur de la 3B avaient été épongés et récurés, et il ne restait rien des pupitres brûlés, des débris ou des indices qui auraient pu nous être précieux. Même la poubelle ne contenait plus qu'un petit papier chiffonné. Seuls le plancher, le calorifère de fonte noirci et le mur grillé témoignaient encore de l'ampleur du désastre. Un frisson me parcourut l'échine et je me frottai les bras pour les réchauffer. Dans mon dos, notre hôte soufflait d'impatience, autant que sa chaudière.

– Il faisait encore plus froid hier, avant la visite du réparateur, rouspéta-t-il. Puis-je vous inviter à casser la croûte, mes chères amies ?

– Je voudrais poursuivre la visite des lieux, répondis-je en examinant avec attention un encrier posé sur l'un des pupitres.

Le père Cloridan me dévisagea :

– Saint-Elme est à vous, Vipérine Maltais. Allez et venez sans scrupule et sans crainte, et interrogez tous ceux qu'il vous plaira, chacun ici a été prévenu de votre visite. Pendant ce temps, votre grand-tante et moi irons porter vos valises à votre chambre et nous restaurer au réfectoire. Vous nous y rejoindrez.

– Nous étudierons la comptabilité de Saint-Elme à la loupe, proposa ma grand-tante. Il n'y a pas d'assurance, mais nous dénicherons bien quelques piastres pour les réparations urgentes…

Leur conversation s'éteignit au bout du couloir. Je me couchai à plat ventre sur le plancher afin d'examiner le robinet placé au bas du radiateur. Je le tournai lentement, l'ouvrant et le refermant à plusieurs reprises avant d'en extirper avec précaution le long cheveu châtain qui s'y était enroulé. « Tiens, un cheveu de femme. Il n'y a pourtant pas de filles par ici… », pensai-je. J'enfouis mon premier indice entre deux pages de mon carnet et me dirigeai vers la porte, les yeux vissés au plancher.

2/ Le frère Majorique

Je butai alors contre un mur. Plus précisément un mur qui portait deux grosses bottines, une soutane noire et un paletot tissé. Mon regard remonta rapidement la rangée de petits boutons jusqu'à l'énorme tête qui m'observait d'un air rébarbatif. Le tout surplombé d'un bonnet blanc à pompon rouge. Vraiment, quel spectacle…

– Vipérine Maltais, si je ne m'abuse ? bougonna l'étrange petit personnage.

Avec le bout de sa langue, il imita le sifflement d'une vipère. Et s'il y avait quelque chose que je ne pouvais supporter, c'était bien qu'on se moque de mon prénom.

– On ne peut rien vous cacher, rétorquai-je, les poings serrés.

– Si j'étais une jeune fille bien élevée, je ne me promènerais pas toute seule à Saint-Elme, mademoiselle. Il n'y a que des voyous et des vauriens qui habitent ces murs.

– Ah ? fis-je avec surprise. À vous voir, je ne l'aurais pas cru.

Si j'avais porté des lunettes, je crois bien que ses yeux perçants les auraient fait voler en éclat. Décidément, cet individu m'était des plus antipathiques.

– À qui ai-je l'honneur ? poursuivis-je d'un ton détaché. On m'interdit de discuter avec des inconnus.

– Je suis le frère Majorique, mademoiselle l'insolente. Mon supérieur m'a avisé de votre visite et m'a prié de me soumettre à votre ridicule questionnaire.

Il croisa rageusement les bras.

– Comme si les filles n'avaient pas assez de s'occuper de leurs fourneaux, il faut maintenant qu'elles se mêlent de faire des enquêtes, vociféra-t-il. Vraiment, on aura tout vu ! Les femelles qui aiment trop l'étude délaissent les berceaux, c'est bien connu. Une orpheline de mère comme vous devrait se tenir tranquille.

Il aurait bien aimé me reléguer aux travaux ménagers parce que je n'étais pas un garçon, celui-là ! Mais les filles pouvaient encore étudier pour devenir infirmière ou maîtresse d'école, à ce que je sache. J'étais bien assez déçue de ne pouvoir accéder au métier de détective sans devoir

subir en plus des commentaires insipides. La moutarde me monta au nez et je réprimai une furieuse envie de mordre. Mais si je l'avais fait, sans doute me serais-je intoxiquée. De toute évidence, cet énergumène savait bien des choses sur moi.

– Il est arrivé une mésaventure à votre pompon ? fis-je avec ironie. Vous auriez dû le recoudre avec du fil rouge, pas noir.

Le bonhomme me fixa bouche bée, avant d'arracher furieusement son bonnet et ses moufles assorties, qu'il fourra dans sa poche. Une horrible raie séparait en deux son toupet brun et gras, taillé au carré comme celui d'un gamin.

– C'est le 1er avril et je suis la cible favorite de ces fripouilles, maugréa-t-il entre ses dents. Et vous, jeune fille, vous allez bientôt savoir ma façon de penser…

– Je voulais justement vous interroger, rétorquai-je.

Le frère Majorique détala comme un lièvre et je lui emboîtai le pas, le prenant en chasse à travers un labyrinthe de couloirs déserts dans lequel il tenta de me semer. Il me mena ainsi jusqu'à un local situé au rez-de-chaussée, dont il claqua la porte avec fracas aussitôt que j'y fus entrée. Le religieux lança adroitement son paletot sur une patère. S'étant jeté dans un fauteuil râpé installé derrière une table de travail, il ouvrit une boîte ronde en fer-blanc de « sablés au beurre importés » pour y piger un cigarillo qu'il huma avec délectation. S'y étant repris

à trois fois pour couper le bout à l'aide d'un énorme coupe-ongles visiblement émoussé, il alluma son rouleau sans plus se préoccuper de moi. Je m'installai face à lui sur la chaise d'appoint, récupérant dans ma poche mes indispensables calepin et moignon de crayon.

– Je fabrique mes cigares avec le tabac qui pousse dans les champs des alentours, se vanta-t-il. Celui-là me vient de notre voisin apothicaire, monsieur Dumontel. Comme le dit Briollet, les plaisirs sont des virgules qui séparent nos douleurs...

Décidément, j'exécrais autant sa tabagie que sa prose. Lui et moi ne possédions aucune affinité.

– Vous détestez enseigner à Saint-Elme ? devinai-je.

Tandis que le frère Majorique me scrutait à travers son brouillard de fumée, un éclair de colère étincela derrière ses paupières à demi-closes.

– Vous êtes bien perspicace pour vos treize ans et demi ! Sachez que j'ai dû sacrifier un important poste à Québec pour venir prêter main-forte au père Cloridan. Ce bonasse croyait que le gouvernement lui livrerait une école moderne sur un plateau d'argent ! Voyez le résultat... De toute évidence, il n'a pas eu l'oreille du ministre... les siennes lui suffisent ! L'ouverture de cette école expérimentale est une vraie catastrophe. Sans parler des salaires de crève-la-faim qu'on nous verse.

– Saint-Elme est une école expérimentale ? repris-je avec surprise.

– Parfaitement, c'est un pensionnat indien au banc d'essai, soutint-il d'un ton sec. Ce détail vous a échappé, mademoiselle l'insolente ?

Ainsi, je ne m'étais pas trompée : les collégiens croisés étaient bien des autochtones. J'en voulus à ma grand-tante de m'avoir caché la chose et d'avoir tenté de me faire croire qu'ils étaient orphelins.

– Ah, cette maudite loi sur les Indiens ! poursuivit mon interlocuteur, qui semblait, pour une raison obscure, me considérer à présent comme une adulte. C'est maintenant au tour de la province de Québec de se la voir imposer ! Tous les enfants des prétendus sauvages seront arrachés à leur famille. On les intégrera dans la société jusqu'à ce qu'il n'en reste plus un seul qui ne soit devenu un « Blanc ». En d'autres mots : civilisé. Cet idiot de surintendant Scott croit qu'en faisant oublier à ces gamins leur langue, leur culture et leur danse du Soleil, ils se transformeront en bons citoyens canadiens. Je me demande bien qui est le plus sauvage… Saint-Elme se prête donc à cette stupide expérience de prestidigitation.

Le frère Majorique s'enflamma soudain comme un politicien convaincu, ce qui me fit sursauter. Je m'agrippai instinctivement aux bras de ma chaise. Il monta la voix, durcit le regard.

– Mais c'est une abomination, poursuivit-il. Je dirais même plus, c'est un kidnapping ! Le remède sera pire que le mal.

– Pourquoi ? soufflai-je, oubliant un instant le but premier de notre entretien.

– J'enseigne depuis vingt ans, mademoiselle Maltais, soupira-t-il. Je puis vous dire que les enfants révoltés n'apprennent jamais rien de bon. J'en ai eu la preuve en évaluant la performance des quatre-vingts Indiens dont nous avons la charge. Après neuf mois, aucun d'entre eux ne sait encore déchiffrer son alphabet, sauf l'insupportable Menon Saganash.

Il se pencha vers moi, m'exhalant sans retenue son puant smog au visage.

– Je ne serais d'ailleurs pas étonné que son compagnon ait mis le feu au pensionnat. Qu'on les ramène donc chez eux et qu'on les laisse tranquilles ! Ils seront bien plus heureux sans nous, et vice versa !

– Que savez-vous au juste de cet incendie, frère Majorique ?

– Rien de plus, sans doute, que ce que vous en a raconté le proviseur.

– Mais encore ? insistai-je.

– Je n'ai pas à vous rendre de comptes, mademoiselle Je-sais-tout. Mais sachez qu'hier a été une bien mauvaise journée, commença-t-il après s'être abreuvé à son clou de cercueil. Sans vouloir m'épancher sur votre épaule, je vous dirai que les deux pires vauriens de Saint-Elme m'en ont fait voir de toutes les couleurs. Je veux bien sûr parler de Bertholin Chamaillard et de son acolyte Menon Saganash qui, non contents de jouer les

cancres, s'évertuent sans cesse à défier les règlements. Il me faut sévir, car ces garnements parlent entre eux les dialectes indiens, ce que le ministre interdit totalement dans nos murs.

– Vous les avez donc punis, déduis-je.

Je me gardais bien de lui montrer mon désaccord. Comment aurions-nous réagi, Olivine et moi, si de tels règlements avaient transformé notre pensionnat en prison et s'il nous avait fallu oublier le français ? Il y avait de quoi se révolter.

– Ici, on ne fait pas dans la dentelle, confirma-t-il. Ils ont été privés de repas et je les ai mis en retenue à la 3B. Ils devaient me copier cent fois un adage de quelques mots. J'ai dû les surveiller jusqu'à vingt heures, après quoi j'ai vaqué à mes occupations. J'ai commis l'impardonnable erreur de laisser ces chenapans seuls, leur recommandant de monter au dortoir dès leur tâche achevée.

Il soupira, écrasant d'une main impitoyable son cigarillo dans le cendrier sur pied qui débordait de mégots à moitié entamés.

– À vingt et une heures, comme ces voyous n'étaient toujours pas de retour, je suis descendu les chercher. Quand j'ai ouvert la porte, une bouffée de chaleur m'a monté au visage. La classe était en feu et Menon Saganash évanoui à son pupitre. Un filet de salive noirâtre lui tachait la mâchoire. Je l'ai transporté hors des lieux puis j'ai actionné la cloche d'alarme pour

faire évacuer l'école. J'ai tenté en vain d'alerter les pompiers. Le téléphone était hors d'usage.

– Qu'était-il advenu de Bertholin Chamaillard ? le questionnai-je, le souffle court.

Il claqua des doigts.

– Volatilisé ! Évidemment, la porte d'entrée n'avait pas été verrouillée, contrairement à mes directives. Mais le temps pressait, je ne pouvais en perdre davantage à le chercher. Quelques minutes plus tard, alors que nous étions tous rassemblés à l'extérieur du collège à attendre les pompiers, je l'ai vu arriver au pas de course. Il sortait du sous-bois, en face du collège.

– Combien de temps s'était-il écoulé depuis l'évacuation générale ?

– Pas plus d'un quart d'heure. Chamaillard répétait à qui voulait l'entendre des incongruités qui n'avaient ni queue ni tête. Je crois que le bougre n'avait plus toute sa raison.

– Pourtant, n'était-ce pas lui qui a eu l'idée d'éteindre l'incendie avec des boules de neige ? réfutai-je.

– C'est bien ce qui m'a empêché de l'envoyer se faire soigner à l'hospice Saint-Eusèbe, où son compagnon est encore hospitalisé ! S'il n'en tenait qu'à moi, je ferais renvoyer Chamaillard de l'école, mais son bienfaiteur, Paul Fleurant, ne me le pardonnerait pas. C'est lui qui l'a fait placer ici, afin de lui assurer une éducation de qualité. Assurer, c'est bien le mot, puisque le bonhomme est assureur !

Il émit un petit ricanement, semblable au caquètement d'un volatile. Puis le frère Majorique se leva, ouvrit la fenêtre et se mit à déambuler dans la pièce exiguë, les mains jointes derrière le dos. Il s'arrêta brusquement, me balança un index sous le nez.

– Je crois que ce Chamaillard est notre pyromane, mademoiselle, déclara-t-il.

– Que vous a-t-il raconté en sortant du sous-bois ?

– De grotesques inepties, vous ai-je dit ! pesta-t-il en haussant une épaule de dépit. Il clamait avoir poursuivi l'homme qui avait mis le feu au mur du calorifère et qui s'est ensuite volatilisé sous ses yeux !

– Hum...

– Il m'a décrit un soldat anglais qui portait un uniforme comme il s'en fabriquait au XVIIIe siècle.

Il s'empara d'un gros bouquin, qu'il feuilleta sans ménagement, et qu'il me brandit au visage.

– Un homme habillé exactement comme celui-ci. Voyons, soyons sérieux ! poursuivit-il, exaspéré. Si un malfaiteur s'était déguisé de cette façon-là, il va de soi que Saganash s'en souviendrait, ce qui n'est pas le cas. La veille, j'avais justement rabroué Chamaillard sur son exposé bâclé concernant la conquête anglaise de 1763. Vous savez ce qu'il a osé me répondre ?

Je gonflai les joues. Il referma le livre d'un claquement sec avant que j'aie pu bien voir l'illustration.

– « L'histoire, ça ne sert à rien, imita le frère Majorique d'une voix fluette. La preuve, c'est qu'on prend encore l'ennemi avec des pièges qui ont déjà servi ! » Il ne fait aucun doute que si cet élève a inventé une fable aussi ridicule, c'est pour se moquer de son professeur d'histoire, c'est-à-dire moi !

– Il a en effet une façon bien particulière de voir les choses, fis-je avec une petite moue amusée.

– Je ne vous le fais pas dire.

– Sans l'ouverture de Saint-Elme, frère Majorique, auriez-vous obtenu cette promotion à Québec ?

– Sans aucun doute, marmotta-t-il, et le proviseur aussi. Mais, comme dit le proverbe populaire : avec des « si », on va à Paris et avec des « ça », on reste là.

– Si l'incendie avait rasé l'école, que serait-il advenu du terrain de Saint-Elme ?

– L'apothicaire l'aurait sans doute racheté ; l'offre d'achat qu'il a déposée il y a un an lui a été refusée au profit de celle des frères. Mais n'allez pas croire que…

Les mots se perdirent sous d'inintelligibles protestations. Le mobile convenait pourtant parfaitement à un pyromane en puissance. Je me levai d'un bond :

– Je pourrais rencontrer Bertholin Chamaillard et Menon Saganash ?

Il fronça un sourcil suspicieux.

– Saganash ne sortira de l'hôpital que dimanche. Quant à l'autre, vous pourrez le voir, mais pas avant seize heures

trente, à la fin de la classe. Il n'est d'ailleurs pas question que je vous laisse seule avec lui, mademoiselle Je-sais-tout. Ça ne serait pas convenable, tonna-t-il.

– C'est évident.

– À la bonne heure ! Je vois que pour une fille, vous avez quand même un peu de plomb dans la cervelle ! J'ai bien hâte d'entendre ce que Chamaillard aura à dire quand vous le cuisinerez.

– Vous n'entendrez rien du tout pour la bonne raison que ce n'est pas vous qui m'accompagnerez, mais sœur Saint-Ignace, répliquai-je vivement.

– Quoi ? aboya-t-il.

– Je vous ai fait perdre bien assez de temps, plaidai-je avec candeur. Après tout, la cuisine, comme vous le dites si bien, c'est une affaire de filles. Et puisque je ne sais pas à quelle sauce mon enquête sera apprêtée, je m'en voudrais de vous obliger à assister à l'élaboration de la recette.

Ne sachant que répondre à cet argument culinaire, le frère Majorique dut abdiquer. Une cloche retentit, annonçant le début des cours de l'après-midi. C'est ce qui, dans mon cas, s'appelait être sauvée par la cloche. Et moi qui détestais cuisiner…

3/ Bertholin Chamaillard

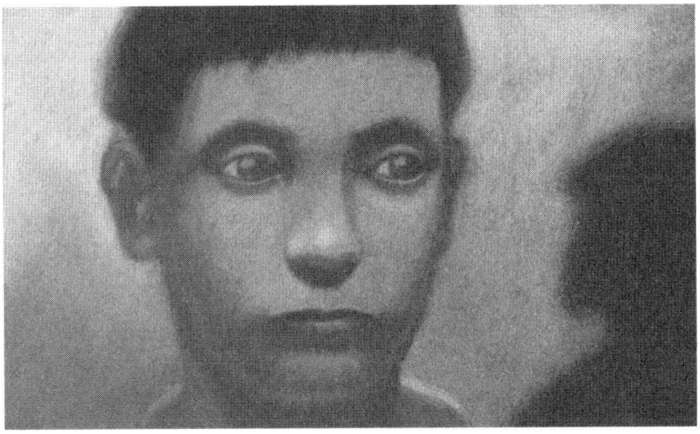

Le fil du téléphone pendait, orné de longs glaçons. Le vent le ballottait contre le crépi défraîchi, ce qui causait un sinistre tambourinement. Je l'examinai avec attention : son extrémité avait été entaillée et écrasée à plusieurs endroits, comme si on s'était servi d'une lame mal aiguisée pour réussir cette opération de sabotage. Une lame émoussée, semblable à celle d'un gros coupe-cigare. Tiens, tiens... Je saisis la minuscule brindille qui y était restée collée, puis la goûtai avec parcimonie. C'était bien du tabac.

– « Qui d'autre que l'adjoint du proviseur fume-t-il le cigare ici ? » m'interrogeai-je.

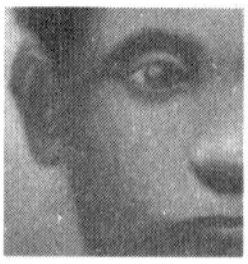

L'ambition du frère était-elle démesurée au point de lui faire commettre un crime ? Après tout, n'avait-il pas raté une promotion à Québec à cause de l'ouverture du collège de Saint-Elme, celui-là ?

– Doux Jésus, le père Cloridan avait raison : ce câble a été tranché comme un vulgaire saucisson, remarqua Saint-Ignace en hochant la tête. À cette hauteur, n'importe quel garçon aurait pu l'atteindre avec un canif.

Elle soupira, refermant son manteau d'un geste frileux. Un nuage vaporeux s'échappa de sa bouche. Il faisait froid, bien que la neige ait totalement disparu.

– Entrons, le jeune Chamaillard doit nous attendre au parloir, décréta-t-elle. Le proviseur m'a confié qu'il était sans doute notre coupable, alors ouvrons l'œil, Vipérine. Ce n'est pas l'habitude du cher homme d'accuser n'importe qui.

– Mais ma tante, votre objectivité..., protestai-je.

– Dépêchons-nous, m'interrompit-elle en trottinant vers l'entrée. J'ai pris rendez-vous avec le père Cloridan pour compléter la révision de sa comptabilité. Ça lui changera les idées.

– Encore ? rechignai-je en la talonnant. Ça vous a pris tout l'après-midi ! Je me demande bien de quelle façon je pourrai encore occuper mon temps, moi.

– Une directrice de pensionnat doit savoir rendre service à un homologue masculin, ma chère enfant. Tu t'avanceras dans la lecture de ton roman de Jules Verne, voilà tout.

J'étais furieuse contre Saint-Ignace qui, cette fois encore, semblait vouloir se défiler et se décharger de la principale besogne qui lui incombait dans notre enquête.

Bertholin Chamaillard se morfondait effectivement au parloir désert, seul lieu autorisé pour recevoir des visites. Ouvrant la porte, je reconnus avec surprise mon balayeur tristounet de ce matin. Les présentations furent on ne peut plus brèves, ponctuées par les vilains froncements de sourcils de la nonne, qui le dévisageait sans retenue. Nous nous assîmes face à lui, dans les fauteuils réservés aux visiteurs, séparés l'un de l'autre par un cendrier sur pied. Bien que le garçon ait les oreilles aussi rouges que des coquelicots, notre présence ne semblait pas l'intimider outre mesure. Il affichait au contraire une dignité un peu particulière, ce qui lui donnait l'air d'un prince charmant qui se serait trompé de conte. Sans plus de préambule et pressée d'en finir, la religieuse attaqua la première :

– Vous savez, jeune homme, un accident peut arriver à tout le monde. Si vous avez mis le feu au mur du calorifère, je comprends que vous ne l'avez pas fait exprès.

– Ce n'est pas moi, répondit-il d'une voix grave ponctuée d'un léger accent, les bras croisés sur la poitrine.

– Ne craignez rien. Il faut tout avouer si vous voulez que je me charge de vous défendre auprès du proviseur, insista-t-elle.

– Je n'ai rien fait, répéta le collégien.

– Dans ce cas, pourquoi vous êtes-vous sauvé dans la forêt comme un sauvage au lieu de sauver la vie de votre camarade ? lui lança Saint-Ignace.

Il se redressa, la narine frémissante.

– Comme un sauvage, c'est bien ce que vous avez dit, ma sœur ? Un sauvage ? cingla-t-il.

Le visage de la bonne religieuse se figea net, semblable au lait caillé qu'on nous faisait avaler à jeun au couvent pour nous fortifier. J'aurais voulu disparaître dans le plancher. Je déposai mes doigts en visière au-dessus de mon arcade sourcilière pour examiner le linoléum.

– Non, je... c'est une façon de parler, bien sûr, mon jeune ami. Je ne voulais pas me montrer raciste à votre égard, s'étrangla-t-elle.

Ma grand-tante, pourtant si autoritaire et si sûre d'elle en temps normal, semblait à présent patauger dans un bourbier de confusion. Elle se leva, toussota à deux ou trois reprises, me prenant finalement à témoin :

– J'ai rendez-vous pour la comptabilité, Vipérine. Tu sais où me trouver.

Et la religieuse me planta là, malgré toute l'inconvenance qu'il y avait de laisser une fille seule avec un garçon. Bertholin Chamaillard et moi nous dévisageâmes, avant d'échanger un sourire gêné :

– Me crois-tu, toi ? me demanda-t-il, dès la porte refermée sur nous.

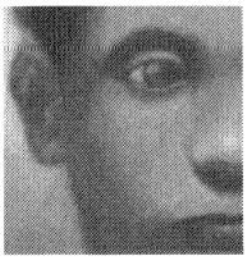

– Tu es innocent jusqu'à preuve du contraire, mais je trouve que tu ne te défends pas beaucoup.

Il baissa la tête et se mit à pétrir le bord de sa veste rapiécée.

– Grand-mère me répétait souvent que si quelqu'un te jette de la boue, tu dois te garder de riposter. Parce qu'alors, il faudrait te baisser et te salir une deuxième fois, expliqua-t-il.

– Ta grand-mère est décédée ? devinai-je, me remémorant la disparition de ma propre aïeule paternelle, que j'avais tendrement aimée.

– Ouais. Papa aussi est mort. Il construisait le pont de Québec quand celui-ci s'est effondré. Trente-deux ouvriers mohawks de notre village sont morts avec lui dans l'accident. Ça, c'était en 1907, l'année de ma naissance.

La tragédie, dont tout le monde parlait encore, avait fait plus de quatre-vingts victimes.

– Je suis désolée, fis-je, mal à l'aise.

J'étais décidée à mettre fin à cette pénible conversation. Et tant pis si l'enquête était bâclée, Saint-Ignace ne méritait pas mieux ! Dans trois secondes, je me lèverais pour franchir le seuil. Un, deux…

– Je n'ai pas revu ma mère et mes sœurs depuis neuf mois, poursuivit-il, à mon grand dam. Neuf mois, te rends-tu compte ? Elles n'ont pas le droit de me visiter, de m'écrire ou de me téléphoner ! Ici, c'est une vraie prison : il n'y a pas de vacances, pas de congés, pas de sorties.

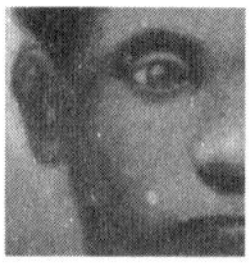

Nous avons les mêmes horaires de classe et les mêmes corvées chaque jour sans exception. Les frères nous avaient promis que nous retournerions à la maison en janvier, puis ils ont remis ça en février, puis en mars. Maintenant, ils disent que ce sera en juin, mais nous ne les croyons plus. C'est fini à jamais, la pêche et la chasse avec mes cousins. Je suis prisonnier.

Je me mordis les lèvres. Quel chagrin j'aurais ressenti d'être ainsi coupée des miens ! Tous les dimanches, Olivine et moi recevions la visite d'un membre de notre famille et il nous arrivait malgré tout de nous ennuyer. Je ne pouvais imaginer le cauchemar qu'aurait été notre vie sans les grandes vacances d'été et sans nos promenades à la campagne chez mon oncle Paul.

Les beaux yeux charbon de Bertholin se remplirent de larmes, qu'il essuya d'un geste furtif. Reniflant, il sortit de sa poche une petite photographie qu'il déposa avec délicatesse au creux de ma main, comme quelque chose d'infiniment précieux. Je l'examinai avec attention : c'était le portrait d'une paisible famille. Au centre, le père tenait dans ses bras une fillette de quatre ou cinq ans. Derrière lui, ses deux autres filles, à peine plus vieilles que la benjamine, souriaient au photographe, une main posée sur l'épaule paternelle. Une femme et une aïeule les encadraient. Comme ils étaient beaux ! Ils formaient une vraie famille. Je songeai soudain à la mienne, à présent disloquée, et une bouffée d'émotion m'enserra la gorge. Il sécha ses joues avec la manche de sa veste.

– Je suis né quelques heures après la visite du photographe, murmura-t-il. Ma mère et mes sœurs habitent toujours le village de Caughnawaga. As-tu encore ta famille, toi ?

– Ma mère est décédée quand j'avais un an, mais j'ai toujours mon père et mes neuf frères et sœurs.

J'omis de lui dire que papa, qui était laitier, s'était remarié avec la veuve Miron, que celle-ci avait six rejetons, et que tous ces étrangers logeaient maintenant chez nous. Nos chambres avaient été réquisitionnées pour la bonne cause et plusieurs des miens étaient partis de la maison en claquant la porte.

– Ah, ça s'est drôle ! s'exclama Bertholin, les yeux brillants. Tu as mon âge et on t'a enlevée à ta famille, toi aussi ? C'est un assureur qui t'a achetée ?

– Achetée ? m'étonnai-je.

– Pff ! Tu n'as pas pu être vendue, tu n'es même pas indienne ! fit-il.

Comme je n'entendais rien à son discours, il m'expliqua d'une voix lasse :

– Voilà un an, monsieur Fleurant a débarqué chez nous en déclarant qu'il voulait m'acheter. Je ne comprenais pas encore beaucoup le français à cette époque, mais je ne suis pas idiot. Au début, maman s'est fâchée, mais l'assureur savait que nous n'avions rien à manger. Chez nous, depuis la mort de papa, on tire le diable par la

queue. Monsieur Fleurant lui a promis beaucoup de sous. Pour la consoler, il a dit que je deviendrais quelqu'un de riche et d'instruit en sortant de Saint-Elme.

– Tu n'as pas été vendu, tu as été é-du-qué, le corrigeai-je avec un brin d'impatience.

– Monsieur Fleurant lui a donné cent piastres, il m'a acheté, répéta-t-il avec entêtement. Il a même changé mon nom pour celui de Chamaillard. En vérité, je m'appelle Ménard dit l'homme-cerf, comme mon ancêtre. Et toi, pourquoi t'a-t-on nommée Vipérine ? Je ne trouve pas que tu ressembles à une vipère.

Ce garçon faisait-il exprès de m'insulter, comme si j'avais choisi de porter un prénom aussi idiot ?

– Je te trouve même très jolie, poursuivit-il, ses yeux fixés dans les miens. Crois-moi si je te dis que j'ai été vendu.

Quelle mule, ce garçon ! Il était encore plus têtu que ma sœur Olivine. Je bouillais d'exaspération, persuadée qu'en plus, il se moquait de moi avec ses faux compliments.

– Il n'y a plus d'esclaves au Canada depuis longtemps, fulminai-je, excédée. Raconte-moi plutôt en détail ce qui s'est passé jeudi.

Je barbouillai férocement une page de mon calepin des mots Ménard et homme-cerf. Il gratta son crâne dénudé. Sans doute se demandait-il s'il pouvait me faire confiance. J'espérais qu'il se décide avant que ma grand-tante ne rapplique. Bertholin allongea devant lui ses

longues jambes décharnées, décorées d'ecchymoses, dont il massa les mollets.

– Menon et moi sommes les souffre-douleur du frère Majorique, commença-t-il enfin. L'adjoint déteste tout le monde, surtout le proviseur. Chaque jour, parce que nous causons dans notre langue, il nous fait rater des cours et nettoyer l'école. Tu as vu mes oreilles ? Si ça continue, il va me les arracher ! C'est lui qui m'a rasé la tête à cause des poux.

– Des poux, il y en a aussi au couvent, fis-je sans m'apitoyer.

– Ne va pas croire que je me plains. Je sais qu'il existe des pensionnats dans les autres provinces du Canada où c'est bien pire qu'ici : là-bas, tous les Indiens sans exception doivent renier leur nom et leur langue. Les maîtres enfoncent des aiguilles dans la langue de ceux qui parlent indien pour qu'ils aient honte de leurs origines. Les enfants sont enfermés dans des placards, ligotés, fouettés, maltraités. Ils n'ont rien à manger, ils meurent comme des mouches. Mais je ne te dirai pas tout, ça te ferait peur…

J'arrondis les yeux d'horreur. Néanmoins, Bertholin poursuivit tranquillement ses explications.

– Hier matin, Menon et moi avions chuchoté dans la langue des Mohawks, le peuple de la pierre. La plupart de mes copains trouvent ça très difficile d'apprendre le français. Pour nous punir, le frère Majorique nous a d'abord privés de petit déjeuner puis nous a fait

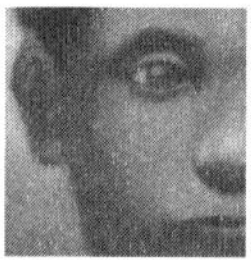

faire le ménage du rez-de-chaussée jusqu'à trois heures et demie. Finalement, il nous a fait copier des lignes toute la soirée. Ce sont seulement les castors qui travaillent la nuit.

– C'était à la 3B ?

– Ouais, et il faisait drôlement froid. Menon toussait sans arrêt, il fait une pneumonie. Mais le frère ne voulait pas qu'on ouvre la porte pour faire entrer la chaleur. Tipou, lui, sortait fumer et se réchauffer un moment, puis revenait nous surveiller. Ça écrit mal, le ventre vide et les doigts glacés. Même l'encre commençait à geler.

– Le calorifère fonctionnait mal ?

– Il n'y a pas de chauffage dans la salle depuis l'ouverture du pensionnat.

– On m'a pourtant dit que quelqu'un était passé hier pour le réparer.

Bertholin Chamaillard pouffa de rire :

– Ce Nicéphore Charland n'est pas très adroit et il a la langue fourchue.

– Vous geliez donc à pierre fendre, résumai-je.

– Dès que le frère a eu le dos tourné, j'ai fait mâcher un peu de tabac à mon copain pour l'empêcher de tousser. J'en ai chiqué aussi, ça enlève la faim. C'est alors que Tipou nous a surpris. Il est devenu fou furieux et s'est mis à frapper tout ce qu'il voyait avec sa satanée règle de fer. Sauf nous, évidemment. Personne ne nous bat, ici. Mais la collection de chapeaux, elle, n'a pas été épargnée.

Je me souvins des couvre-chefs que j'avais vus avec le père Cloridan à la 3B.

– Le casque du mineur était-il accroché au mur, à ce moment ? m'informai-je, la gorge nouée par l'injustice.

– Ouais, Ti-pou l'a complètement cabossé. Il l'a mis à la poubelle ce matin après avoir nettoyé la 3B.

– Pourquoi surnommes-tu toujours ce Majorique le frère Ti-pou ?

– C'est un calembour que Menon a inventé pour nous faire rire, pour que nous soyons moins tristes. Sais-tu ce qu'ont en commun un pou et le pouls ? me demanda-t-il, touchant tour à tour ses cheveux puis son poignet.

Je haussai les épaules.

– Eh bien, l'un mord et l'autre bat. Les deux « pou » conviennent parfaitement à ce frère de malheur ! Et comme il est tout petit… c'est Ti-pou !

– Le frère Majorique mord et bat les enfants ? sursautai-je.

– Ouais, en quelque sorte : il nous prive de manger. Heureusement que nous trouvons des biscuits au beurre tous les soirs sous nos oreillers ! Je crois que le proviseur nous aime bien et qu'il nous protège de sa méchanceté. Bref, quand Ti-pou nous a laissés seuls vers vingt heures, nous avons continué à travailler. C'est à ce moment qu'on a frappé à la porte. À la porte condamnée, tint-il à préciser.

– Quoi ? Celle qui donne sur le dehors ?

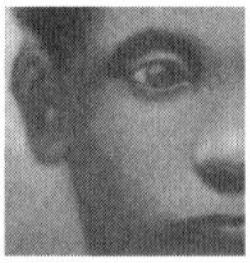

– Ouais, confirma Bertholin. J'ai vu un homme par la fenêtre. Il criait : « Ouvrez-moi, sinon je vais mourir de froid. » C'était un Anglais, j'ai reconnu son accent.

– Menon l'a vu aussi ?

Il grimaça de déception.

– Il dit ne pas s'en souvenir. Il ne s'appelle pas « Meu non » pour rien ! Moi je pense qu'il est resté collé à sa chaise parce qu'il avait la trouille. Je me suis levé pour aller ouvrir.

Le garçon effleura soudain ma main, soutint mon regard. Il semblait bouleversé.

– Ça peut paraître idiot, mais quand j'ai touché la poignée, la porte s'est ouverte toute seule, articula-t-il. Je ne comprends pas comment c'est possible, puisqu'elle est barricadée. Alors, l'Anglais est entré. Il était habillé comme un soldat dessiné dans le livre d'histoire du frère Majorique, avec un manteau rouge qui descend jusqu'aux genoux, bordé de blanc, avec deux rangées de petits boutons. Il était chaussé de mocassins, mais il ne portait pas de chapeau.

J'étais littéralement suspendue à ses lèvres, j'en oubliais même d'écrire.

– Menon faisait semblant de travailler à son pupitre comme si de rien n'était, poursuivit-il. L'Anglais m'a souri, puis s'est approché du radiateur. Il a tendu les mains, comme ça, il croyait pouvoir les réchauffer ! J'ai remarqué qu'il lui manquait un doigt à la main droite. Il m'a dit merci dans ma langue, *niawen*, ce qui m'a beaucoup surpris, puis il est ressorti par la même porte. J'ai voulu le suivre parce qu'il avait vraiment l'air étrange et que je ne lui faisais pas du tout confiance,

mais la porte était à nouveau bloquée. Je me suis précipité dehors par l'entrée principale et je l'ai vu qui se dirigeait vers le sous-bois, devant le collège. J'ai tenté de le rattraper de l'autre côté de la route, mais il avait disparu. Quand je suis revenu sur mes pas, tout le monde était dehors à attendre les pompiers devant la 3B.

– Tu peux me décrire davantage cet individu ? demandai-je.

J'avais noirci à toute vitesse une nouvelle page de mon calepin. Il réfléchit d'un air consciencieux avant de répondre.

– Il avait l'âge de Ti-pou mais il était aussi grand que le père Cloridan, avec des cheveux longs, roux et bouclés, des yeux bruns, et un uniforme tout rapiécé, trop petit pour lui. Il avait l'air misérable.

– Ton copain ne se souvient vraiment de rien ?

– J'aurais dû faire comme lui et me taire, soupira Bertholin en guise de réponse. Maintenant, le frère Majorique m'accuse et menace de me faire enfermer à l'hospice. Il ne me croit pas.

Une nouvelle larme roula sur sa joue.

– Ça va s'arranger, murmurai-je pour le consoler. C'est toi qui as sauvé Saint-Elme avec tes boules de neige, on ne t'internera sûrement pas.

– En janvier, un élève a essayé de s'enfuir. Quand on l'a retrouvé, il a fallu qu'on lui ampute trois orteils gelés. Menon voulait que nous fuguions, mais j'ai refusé. Menon fait rire les autres pour les consoler, mais le soir je l'entends qui pleure dans son lit. Presque tout le monde pleurniche et fait des cauchemars, ici. Surtout les petits. Moi, je surmonterai l'épreuve.

– Je te trouve très courageux, l'apaisai-je.

Il esquissa un sourire triste, puis se yeux se mirent à briller.

– Heureusement qu'il y a les parties de crosse. C'est la seule activité indienne que les frères nous ont permis de conserver. Quand je joue avec mes copains, j'oublie tous mes malheurs. Nous devenons aussi unis que les doigts de la main. Chacun devient indispensable aux autres, pas un n'est rejeté. Une vraie équipe !

Il se pencha vers moi, baissa encore la voix :

– Tu sais, ma grand-mère m'est apparue en rêve il y a un mois. Elle m'a conseillé de me faire du cinématographe tous les soirs avant de m'endormir. Je dois m'imaginer à la remise des diplômes de fin d'année, habillé d'une toge, avec un mortier* sur la tête. Ça se réalisera un jour, mais c'est difficile, je m'ennuie trop de maman.

Il expira longuement, s'enfouit la tête entre les paumes. Je me sentais complètement stupide et impuissante devant

* Sorte de toque portée par les étudiants recevant leur diplôme, au Canada.

un pareil désarroi. Comme c'était un garçon, je me retins un instant de lui prendre la main puis, courageusement, abdiquai. « Aux grands maux les grands remèdes », me dis-je. Cependant, tandis que j'avançai mes doigts en catimini vers les siens, la porte s'ouvrit et une jeune femme d'environ vingt ans entra en coup de vent.

4/ Ninette

Cette fille était presque aussi jolie que la mère d'Octave, le garçon qui faisait battre mon cœur et celui d'Olivine. Un moment, j'aurais donné bien cher pour lui ressembler. Un tablier blanc soulignait joliment sa taille de guêpe, enfilé sur une robe bleue qui lui tombait aux chevilles, tandis qu'une petite coiffe de bonne retenait sa longue chevelure châtain clair remontée lâchement en chignon. Le cheveu que j'avais trouvé correspondait exactement à la longueur et à la couleur des siens. Nous voyant, elle écarquilla ses yeux pers, semblables à ceux d'un félin. Mais le charme se rompit dès que sa voix trop lente et nasillarde m'eut écorché l'oreille.

– Tiens, tiens..., fit-elle avec un regard dur, chargé de sous-entendus. Que faites-vous au parloir, seuls tous les deux, mes tourtereaux ? Vous n'avez pas de chaperon pour vous surveiller ?

– Ce n'est pas du tout ce que tu crois, Ninette, s'étrangla le pauvre Bertholin.

– Taratata ! Moi, à ta place, je me grouillerais, Chamaillard. Le frère Majorique te fait chercher partout.

Le collégien blêmit avant de disparaître au pas de course par la porte entrebâillée. Ninette me toisa à mon tour.

– Allez, du vent, toi aussi ! vociféra-t-elle. Ouste, du balai, ma fille !

Elle me chassa d'un geste de la main comme si j'étais une mouche. Je m'exécutai à reculons, la domestique s'empressant de me pousser et de me refermer la porte au nez. Ça alors, mais pour qui se prenait-elle, celle-là ? Je bouillais d'une rage contenue qui, comme une soupe au lait, faillit bien déborder. Le père Cloridan ne m'avait-il pas donné carte blanche pour interroger tous ceux qu'il me plaisait, comme je l'entendais ? Plantée devant la porte du parloir, poings serrés sur mon calepin, je comptai résolument jusqu'à cent puis, sans crier gare, tournai la poignée. Je pris Ninette sur le fait, en flagrant délit de désobéissance aux règles de bienséance. Cigarette au bec, elle avait négligemment posé un pied sur une chaise et, jupon remonté aux genoux, s'apprêtait à camoufler son

paquet de tabac dans un de ses bas de laine déjà trop boursouflé. « Le frère Majorique n'est donc pas le seul à fumer, ici », me dis-je. À ma vue, elle pâlit en grognant quelques mots qui, heureusement sans doute, me demeurèrent incompréhensibles. Si, à Saint-Elme, c'était la mode de fumer, c'était aussi, sans contredit, celle de fulminer.

– Je me demande ce que le père Cloridan dirait s'il apprenait que vous fumez dans son établissement, lançai-je.

Je refermai lentement la porte sur nous. La cigarette avait disparu dans la poche de son tablier.

– Tu ne vas pas le lui dire ? objecta-t-elle, ses sourcils se rejoignant pour former au-dessus de ses pommettes saillantes un accent circonflexe.

– Pourquoi pas ?

– Parce que je serais virée, tiens ! plaida-t-elle. Les Dumontel me mettraient à la porte !

– Les Dumontel ? Vous n'êtes pas employée par le collège de Saint-Elme ?

– Je travaille comme blanchisseuse au manoir de l'apothicaire, le propriétaire voisin, figure-toi ! rétorqua-t-elle d'un ton bête. C'est par charité que mon patron fournit mes services aux frères deux après-midis par mois, pour repasser les chemises et les draps.

– Nous devrions causer un peu, proposai-je.

– Si tu crois qu'une petite couventine enquiquinante comme toi va m'en remontrer ! Ce n'est pas parce que tu

vas au couvent que tu dois t'enfler la tête ! J'ai peut-être terminé l'école à neuf ans, mais on ne m'en passe pas !

– Je deviens muette comme une carpe quand on répond à mes questions, ripostai-je en m'assoyant.

– Ça va, tu as gagné, maugréa-t-elle. Tu peux me tutoyer, ma belle.

Ses familiarités m'horripilaient. Ayant pris un fauteuil, elle se cloua une cigarette au bec et craqua une allumette qu'elle jeta dans le cendrier de laiton. Celui-ci étincelait de propreté.

– Tu m'as l'air de savoir ce que tu veux, grognassa-t-elle. Je gage que tu ne finiras pas blanchisseuse comme moi. Quand j'aurai des sous, j'habiterai la grande ville, moi aussi. Qu'est-ce que tu viens fabriquer ici ?

– J'enquête sur l'incendie, maugréai-je, fâchée que le proviseur ne l'en ait pas avisée. Vous travailliez à Saint-Elme, hier ?

Elle expulsa sa fumée par petits cercles malodorants, promenant un regard ennuyé à travers la pièce :

– Si. J'ai besogné tout l'après-midi à la buanderie, juste à côté du parloir, de deux heures à quatre heures et demie. Tu ne peux pas t'imaginer à quel point c'est endormant !

Elle se pencha brusquement vers moi :

– Je déteste venir ici, des gamins morveux meurent chaque mois et on raconte qu'il s'y passe des choses bizarres.

– Bizarres ?

D'une main, elle vérifia la tenue de son chignon qui s'effilochait, affichant une petite mine déconfite.

– Le mois dernier, j'ai reçu des fèves derrière la tête, alors que j'étais toute seule à la buanderie. Hier, c'est mon fer à repasser qui a disparu pendant que j'avais le dos tourné. Je l'avais pourtant déposé en évidence, sur la truie*, juste à côté de ma planche à repasser. Madame Dumontel dit que Saint-Elme est hanté.

– Votre patronne s'amuse à vous effrayer, répondis-je avec un sourire narquois.

– La Germaine est très savante, au contraire.

– L'épouse de l'apothicaire se prénomme Germaine ?

– Bien sûr que non, quelle drôle d'idée ! Son vrai nom c'est Julienne. Germaine, c'est parce qu'elle gère et qu'elle mène (gère-mène) tout le monde par le bout du nez, y compris son mari. Imagine-toi que cette sorcière m'oblige à porter des chapeaux lourds et démodés ; elle dit que c'est parce que j'ai la tête légère !

– Elle ne vous oblige pas à les porter à Saint-Elme ?

– J'en ai porté un hier, c'est bien assez. Si tu voyais le galurin en question, tu me comprendrais, ma belle.

J'étouffai un ricanement derrière mon carnet, puis toussotai pour me donner contenance.

– À quelle heure votre fer a-t-il disparu ? demandai-je en gribouillant une page de mon calepin.

* Poêle à bois fait d'un tonneau d'acier sur quatre pattes.

– Il était environ quatre heures et quart. Je revenais du parloir où j'étais venue fumer un petit quart d'heure, comme je le fais maintenant. Motus et bouche cousue, hein ?

– Vous n'avez pas retrouvé votre fer à repasser par la suite ?

– Si tu crois que je m'en suis plainte, il était aussi vieux que Mathusalem ! La Germaine m'en a acheté un autre ce matin, un fer électrique, cette fois-ci, gloussa-t-elle.

– Avez-vous croisé le réparateur de la chaudière dans l'après-midi ?

– Non, mais il m'aurait fallu être sourde pour ne pas l'entendre ! Il se vantait devant tout le monde qu'il avait réussi à réparer son fichu calorifère. Son patron l'avait averti que c'était sa dernière chance s'il voulait garder son emploi. Il me met les nerfs en boule, ce type. Ça doit être la première fois qu'il réussit à réparer quelque chose ! pouffa-t-elle encore.

– Avait-il quitté Saint-Elme quand vous êtes partie à quatre heures et demie ?

– Hum, sûrement... je ne l'ai plus entendu à mon retour du parloir.

Ninette se leva brusquement, écrasa sa cigarette dans le cendrier d'une main nerveuse, main que je crus voir trembler. Je fronçai les sourcils : comment ce cendrier pouvait-il être encore propre si cette fille préten-

dait l'avoir utilisé une demi-heure après que Bertholin l'eut nettoyé ? Je vérifiai mes notes.

« Bertholin m'a pourtant dit qu'il avait fait le ménage jusqu'à trois heures trente hier. Si Ninette ment, c'est qu'elle a dû faire quelque chose de plus grave que de fumer en cachette » songeai-je.

– Bon, je dois y aller : la jeannette* m'attend à la buanderie, annonça-t-elle.

Je me redressai aussitôt. Comme je m'y attendais, elle n'avait pas songé à nettoyer son cendrier. Elle ne l'avait sans doute pas non plus fait la veille.

– Hier, vous n'êtes pas venue fumer au parloir, l'accusai-je. Vous avez ravitaillé Saint-Elme avec votre tabac de contrebande. Vos bas sont de véritables tabatières.

Ninette m'empoigna si violemment par l'encolure de la robe que je crus bien que l'expression « passer à tabac » allait prendre tout son sens. Le joli minois de la blanchisseuse s'était métamorphosé en un masque de lion féroce, dont la crinière se serait affaissée à vue d'œil. Je lui écrasai le pied sans pitié d'un coup de talon. Elle me lâcha aussitôt en grognant de douleur. Quelque chose tomba de ses cheveux et roula par terre.

Elle tenta de récupérer sur le plancher le stylographe argenté lui ayant servi à fixer sa chevelure. Je la pris de vitesse. Le porte-plume faisait la promotion du cabinet de

*Planchette à repasser montée sur pied.

P. Fleurant, courtier en assurances, rue Dorchester, Montréal. « P. Fleurant… mais c'est « l'acheteur » de Bertholin Chamaillard, ça ! Quel lien existe-t-il entre lui et Ninette ? », pensai-je. Elle m'arracha le stylo des mains.

– J'exécute les commandes qu'on me passe, y a pas de mal à ça quand on touche des gages aussi misérables que les miens, répondit-elle d'un ton cassant.

– À quoi vous sert le radiateur de la salle 3B ?

– J'y cache des messages pour mes clients. Je leur fixe rendez-vous à la chaufferie pour la livraison du tabac.

La blanchisseuse, qui semblait n'éprouver aucun remords, refit prestement son chignon en y piquant le stylographe. Puis elle posa la main sur la poignée de la porte.

– Votre patron est au courant de votre petit trafic ? insistai-je.

– Je n'ai rien volé, ce sont de vieilles feuilles de tabac que j'ai trouvées au hangar, se défendit-elle. D'ailleurs, monsieur Dumontel n'a rien à redire : il fricote, lui aussi.

– Il fricote du tabac ? tentai-je, lui barrant la sortie.

– Non, mais les champs où il pourrait en cultiver. Il aimerait bien mettre la patte sur le terrain de Saint-Elme pour faire pousser ses herbes médicinales, le vieil apothicaire !

Je sourcillai. N'était-ce pas aussi ce que le frère Majorique m'avait révélé tout à l'heure ? Elle se mordit les lèvres comme si elle regrettait d'avoir trop parlé.

– Combien de clients avez-vous parmi les élèves ? demandai-je.

– Deux pour l'instant, mais ne compte pas sur moi pour les dénoncer. Je ne leur enlèverai pas le seul plaisir qui leur reste, celui de chiquer.

– Chiquer et jouer au hockey, la corrigeai-je.

– Jouer au hockey ? s'esclaffa Ninette. Pourquoi pas faire des claquettes, pendant que tu y es ?

– Personne ne patine donc, ici ? m'étonnai-je, en repensant aux traces que j'avais pourtant vues dehors, devant la porte incendiée.

– Tu as vu une patinoire dans le coin, ma belle ? Les frères n'ont même pas d'argent pour chausser les gamins, alors comment veux-tu qu'ils leur offrent des patins ? S'ils peuvent jouer à la crosse, c'est qu'ils bricolent eux-mêmes leurs bâtons avec de vieux filets de pêche !

– Pourtant, j'avais cru voir..., insistai-je.

– Taratata !

Elle me repoussa fermement et, d'un pas décidé, mais ondulant, s'empressa en ligne vaguement oblique vers la buanderie, dont elle claqua la porte.

Figée sur le seuil du parloir, je fixai un long moment l'extrémité ouest du corridor désert, en direction de la salle 3B. Je ne me décidais à bouger, enchevêtrée sous la tonne de détails et d'indices que j'avais pris en note. Je les révisai mentalement.

1. On avait coupé le fil du téléphone à l'aide d'un coupe-cigare. Celui du frère Majorique était justement très émoussé.

2. Des traces de lame double ressemblant étrangement à celle de patins pour débutants marquaient le sol, devant la 3B. Mais personne ne patinait à l'école.

3. Nicéphore Charland n'avait pas réussi la réparation du calorifère. En dépit du fait que le père Cloridan ait affirmé que le radiateur chauffait, la 3B était toujours aussi glaciale une heure avant l'incendie.

4. Il y avait des débris de bouteille dans le cendrier de la chaudière. Drôle d'idée que celle de vouloir incinérer du verre !

5. Le fer à repasser de Ninette avait disparu, ainsi que le casque de mineur.

6. La blanchisseuse était en possession du stylographe de l'assureur. Or, c'était justement ce Fleurant qui avait fait placer Bertholin à Saint-Elme.

Dans ma cervelle, c'était l'embrouillamini total, jusqu'à ce qu'un léger choc s'y produise. Je portai aussitôt la main à la nuque, persuadée qu'une mouche venait de s'y écraser. C'est alors que j'entendis des ricanements, la course effrénée et précipitée des fuyards et que mon regard tomba sur la fève gourgane qui traînait à mes pieds, sans doute catapultée par des élèves. Me saisissant de l'objet du délit, je fus traversée par une illumination.

Je courus à la classe 3B dont je n'avais pas verrouillé la porte puis, d'un regard anxieux, cherchai la poubelle dans un coin. Je m'emparai du seul détritus qui la remplissait, un minuscule papier en boule, pas plus gros qu'une cacahuète, que je déroulai avec soin. C'était un message écrit sur du papier à cigarettes.

4h. Chaufferie. Nini

J'enfouis mon nez dans le papier, qui empestait la fumée, ce qui prouvait bien qu'on s'en était débarrassé avant l'incendie. Je découvris alors au verso un mot raturé, écrit à la plume : ammoniac. Je laissai fuser un long soupir de contentement. Nini, c'est-à-dire Ninette, s'était donc rendue à la chaufferie à quatre heures comme elle l'avait prétendu pour livrer son tabac. J'aurais mis ma main au feu que les débris de verre retrouvés dans la porte du cendrier de la chaudière étaient ceux d'une bouteille d'ammoniac.

J'étais persuadée de tenir enfin un fil de l'inextricable toile d'araignée tissée autour de Saint-Elme. Il ne me restait plus qu'à le tirer pour trouver la vérité.

5/ Julienne et Omer Dumontel

L'heure du souper se prolongeait indûment, malgré la simple tireliche* arrosée de mélasse qu'on nous avait servie en ce maigre vendredi. Le réfectoire, un peu plus tôt bondé de collégiens affamés, était redevenu aussi tranquille qu'un cimetière. Assise entre ma grand-tante Saint-Ignace et le proviseur qui parlaient comptabilité, je retins un long bâillement. J'étirai mon cou vers la fenêtre afin de suivre la partie de crosse qui se déroulait dans la cour.

*Crêpe à la farine de sarrasin.

À en juger par les bonnets de laine des joueurs, c'étaient les bleus contre les verts. Des exclamations de joie ponctuaient la joute, dont je tentais de comprendre les règles. Le frère Majorique servait d'arbitre, vêtu de sa soutane, d'un paletot et d'un bonnet amputé cette fois de son pompon. Un coup de sifflet salua le tir de Bertholin, qui avait réussi à emprisonner une grosse balle dans le filet de son bâton pour la lancer je ne sais où, hors de mon champ de vision. Le bonheur de jouer ainsi que les encouragements de ses camarades avaient métamorphosé le collégien. L'adjoint lui-même le félicita d'une tape à l'épaule. L'animosité qui avait surgi entre eux au souper avait totalement disparu.

Ce soir-là, affamées comme des loups, ma grand-tante et moi étions arrivées les premières au réfectoire. Les indices que j'avais répertoriés dans mon carnet avaient été examinés avec soin. J'avais ensuite fait à la nonne un résumé édifiant des interrogatoires de Bertholin, de Ninette et du frère Majorique.

Un misérable défilé avait interrompu notre discussion. Dans un silence sacro-saint, quatre groupes d'élèves de cinq à douze ans, accompagnés de leurs maîtres respectifs, avaient investi le réfectoire en une longue file. Maigres à faire peur dans leurs vêtements troués, ils avaient le regard fixe de ceux qui ont tout perdu, même l'espoir. Quelques-uns, qui toussaient à s'en arracher les poumons, n'étaient plus que l'ombre d'eux-mêmes et je

n'aurais pas donné cher de leur peau. Quelle injustice ! La scène était si pathétique que j'en perdis l'appétit.

– Comment peut-on laisser souffrir ces chers petits si loin de leurs mamans ? avait soupiré Saint-Ignace, un sanglot dans la voix.

C'est à ce moment précis que Bertholin était entré. Le frère Majorique l'avait aussitôt attrapé par l'oreille :

– Encore vous, Chamaillard ? l'avait-il apostrophé. De combien de repas faudra-t-il vous priver pour que vous appreniez à respecter cette fichue cloche ?

– D'aucun, j'en suis sûre, avait tonné ma grand-tante, de l'autre bout de la salle. Un enfant affamé est toujours plus turbulent, mon cher frère.

L'adjoint avait serré les poings, avait fustigé la religieuse du regard, puis s'était tu. J'étais convaincue que la présence de ma grand-tante avait sauvé Bertholin d'un nouveau jeûne. Le bénédicité récité, il s'était jeté sur la nourriture comme s'il n'avait pas mangé depuis des lustres. Le morne silence imposé au réfectoire s'était ponctué de sapements et de grognements satisfaits.

Mes yeux quittèrent la partie de crosse pour revenir à notre longue table. Le père Cloridan se polit les dents d'un coup de langue et posa négligemment sa main sur celle de sa vieille amie :

– Madame Dumontel est une personne charmante, ma chère Belzémire. Elle accepte avec joie de vous rencontrer demain, toi et Vipérine. Les occasions sont si

rares par ici de croiser des Montréalais, P'tite vie !

La vitesse à laquelle le proviseur s'était chargé, à ma demande, de prendre rendez-vous avec l'apothicaire me le rendait soudain plus sympathique.

– Ce sera une visite de courtoisie, dit Saint-Ignace.

– Pour l'occasion, nous pourrions peut-être apporter des biscuits au beurre dans une jolie boîte de métal ? lançai-je.

J'avais jeté ma ligne, il ne me restait qu'à attendre le poisson. À ma grande surprise, il ne mordit pas.

– Je crains que les sablés ne soient un luxe tout à fait inaccessible ici, marmonna simplement le Père Cloridan.

Il n'était donc pas le dispensateur secret des petits-beurre de Bertholin. Dans ce cas, qui les cachait sous son oreiller ? Une révélation allait bientôt me convaincre qu'ils étaient au moins deux à jouer les bonnes fées.

Un bruit sourd m'éveilla en effet au milieu de la nuit. Quelle heure pouvait-il bien être ? Deux heures, trois heures du matin ? J'avais à peine ouvert un œil que j'aperçus la nonne quitter notre chambre, vêtue de sa chemise et de son bonnet de nuit. Il n'était pourtant pas dans son habitude d'être somnambule. Je me levai aussitôt pour la suivre. Quand j'ouvris la porte, elle disparaissait dans la pénombre du couloir, blanche et silencieuse comme un fantôme. Le cœur battant, je la filai sur la pointe des pieds en direction du dortoir des petits, situé

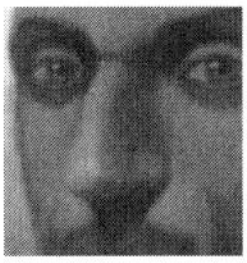

au même étage que notre cellule et que le dortoir des plus grands. Cette nuit-là, l'air de Saint-Elme était si glacé qu'il me semblait marcher sur de la neige. Une surprise de taille m'attendait.

J'ouvris la porte du dortoir, qui grinça sur ses gonds. Les pleurs d'un enfant me parvinrent, puis la voix apaisante de la religieuse, dont je ne pus toutefois saisir les paroles. Des dizaines et des dizaines de lits s'alignaient dans les lieux endormis. Ici, les pensionnaires semblaient roupiller à poings fermés. Mais le rayon de lune qui entra par une fenêtre me détrompa brutalement : toutes les couchettes avaient été désertées par les dormeurs ! Abasourdie, je reconnus Saint-Ignace assise sur un lit. Elle berçait et consolait un enfant qui ressemblait au petit Simon. Quatre ou cinq autres gamins se collaient à elle, offrant à ses doigts gourmands leurs têtes à caresser. À ses pieds, assis en tailleur, des dizaines de garçons tendaient le cou et les mains vers elle. J'entendis leurs rires étouffés, des glapissements de joie, des chuchotements.

– … une autre galette ! clama l'un.

– Chut ! le fit taire un second.

Je réalisai, confuse et émerveillée, que la nonne leur distribuait des gâteries ! Peut-être leur narrait-elle aussi un conte ? Sans doute agissait-elle dans le plus grand des secrets avec la complicité du père Cloridan, installé dans la cellule adjacente, dont le rideau avait été tiré. Au bout d'un quart d'heure, elle les renvoya au lit en leur

chantant une berceuse. Je revins moi-même sans bruit à notre chambre, la gorge nouée par l'émotion. À sa façon, la bonne Saint-Ignace avait voulu dispenser à ces gamins un peu de l'amour dont on les avait si cruellement privés. Je reconnaissais bien là le cœur d'une mère supérieure qui chérissait les enfants ! Le sommeil me prit le sourire aux lèvres. J'avais compris pourquoi les valises de la religieuse étaient si lourdes ce matin : elles étaient bourrées de gâteaux secs !

Le magnifique soleil du samedi revigora mon entrain, même si le petit déjeuner fut assombri par la nouvelle crêpe au sarrasin qu'on nous servit. Je mourais à présent d'impatience de confronter la fameuse Germaine de Ninette.

Au milieu de la matinée, après une courte balade en voiture sur un ruban qui se déroulait à travers champs comme sur un cadeau déballé, le proviseur nous déposa à l'orée d'une immense maison blanche à colonnades ciselées. Égarés dans le froid québécois, de ridicules lions de marbre en gardaient l'entrée.

– Toutes les terres environnantes, à cinq milles à la ronde, appartiennent à monsieur Dumontel, à l'exception de celles de Saint-Elme, nous expliqua notre éclaireur.

De grands érables ceinturaient la devanture du manoir, érables auxquels étaient encore accrochés des seaux métalliques destinés à recueillir la délicieuse sève.

Solennelle, Saint-Ignace actionna la sonnette en cuivre à long manche. Sa cornette qui battait au vent l'obligeait à

garder la tête bien droite, ce qui accentuait encore cet air de dignité un peu sévère qui lui était si habituel. La porte s'ouvrit bientôt sur une dame élégante aux yeux bridés et aux hautes pommettes, dont les cheveux grisonnants étaient remontés en un chignon serré.

– Madame Dumontel ? demanda ma grand-tante.

– Madame Omer Dumontel, reprit la femme en donnant au prénom masculin une inflexion pincée et snob. Je vous attendais, Révérende Mère. Veuillez entrer, ma chère, ainsi que… cette jeune personne…

Elle esquissa un sourire emprunté, me jetant par en dessous un regard rempli de méfiance.

– Cette jeune personne est ma nièce Vipérine Maltais, précisa la religieuse.

Je serrai la main tendue, aussi molle qu'un poisson mort, et j'eus la très désagréable impression de la lui broyer. L'épouse de l'apothicaire nous fit passer au salon, qui embaumait la lavande. Murs, plafond, moquette, mobilier, tout dans cette pièce était d'un blanc immaculé. Une cage argentée accrochée dans un coin diffusait les gazouillis excédés d'un serin. Ninette se précipita pour prendre nos manteaux et nos bottines. Elle arborait sur la tête une sorte de tarte grotesque où finissaient de sécher quelques petits fruits cramoisis. Me reconnaissant, la blanchisseuse se rembrunit.

– Mais que faisiez-vous donc ? la rabroua notre hôtesse en sourdine.

– Que madame me pardonne, je n'avais pas entendu la sonnette, fit-elle avant de s'éclipser avec nos manteaux qui empestaient la fumée de Saint-Elme.

Nous nous assîmes sur d'inconfortables divans ivoire. Les dames entamèrent une conversation polie sur la vie culturelle de la métropole tandis que Ninette apportait le thé et les biscuits au gingembre sur un plateau ouvragé, qu'elle déposa sur la table, devant nous. Je promenai des yeux inquisiteurs à travers la pièce meublée avec un goût et une élégance raffinés. Un feu crépitait dans la cheminée encadrée par des bibliothèques débordant de livres et de bibelots de faïence. Des « capteurs de rêves* » enjolivés de poils de porc-épic et de plumes, et semblables à celui qu'Alphéna avait rapporté d'un village indien en Abitibi, étaient suspendus devant les fenêtres habillées de dentelle. Des jardinières verdoyantes apportaient une touche de couleur à ce décor qui s'apparentait, avec ses noir et blanc, à celui du cinéma moderne. Une porte, vitrée de petits carreaux givrés, laissait entrevoir une serre intérieure adjacente.

– Mon mari s'intéresse au plus haut point à la botanique et aux vertus médicinales des plantes, expliqua madame Dumontel, qui avait surpris la balade de mes pupilles. Un nuage de crème, ma chère ?

* Artisanat indien servant à chasser cauchemars et mauvais esprits.

Je saisis avec précaution la tasse fumante qu'elle me tendait. Je détestais le thé plus que tout autre breuvage, y compris l'huile de foie de morue.

– Non merci, répondis-je poliment. Vous recevez souvent des visiteurs ?

– Rarement. Une campagne si paisible n'est pas très attrayante pour la plupart des citadins, convint-elle. Omer a d'ailleurs besoin d'un calme absolu pour ses recherches. Nous n'avons heureusement pas d'enfants.

Décidément, cette dame ne m'était pas très sympathique.

– L'ouverture du collège de Saint-Elme l'importune ? demanda à son tour ma grand-tante.

Julienne Dumontel fronça les sourcils, soufflant avec délicatesse sur l'infusion qui s'évaporait de sa minuscule tasse de porcelaine.

– Je mentirais en vous disant que cela fait notre affaire, ma chère, admit-elle. Nos champs sont régulièrement piétinés par des intrus, les œufs de nos volailles disparaissent du poulailler à l'occasion. Saint-Elme abrite des pensionnaires qui n'ont, de toute évidence, pas un grand sens de la propriété privée. Tous ces actes de vandalisme, c'est abominable…

Un bruit infernal l'interrompit. Nous nous retournâmes d'un même mouvement vers la porte translucide qui donnait sur la serre et dont quelques carreaux venaient de voler en éclats.

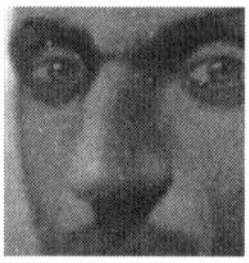

– Bon sang de bonsoir ! Mais qu'est-ce que cette porte faisait dans le chemin ? s'exclama une voix masculine.

C'est ainsi que Omer Dumontel fit une entrée remarquée dans le petit salon, les bras chargés d'un arbuste mesurant pas loin d'un mètre de haut et dont le feuillage parsemé de fruits rouges lui bouchait totalement la vue.

– Je vous présente mon mari, dit son épouse d'une voix posée.

Elle couva l'apothicaire d'un regard attendri, un brin exaspéré, sans nul doute aveuglé par l'amour inconditionnel qu'elle lui portait. Surpris par notre présence, le nouveau venu déposa la plante, dévoilant un visage et une longue silhouette chétive, voûtée par les années. Bien qu'il ait certainement soufflé soixante-dix bougies, son visage fendu par un sourire de bonne humeur était celui d'un jeune homme. Une moustache carrée lui barbouillait la lèvre supérieure comme un sparadrap, et son pantalon de velours ainsi que sa veste de laine et sa cravate étaient tachés de terre. Si Omer Dumontel avait le cheveu rare, il avait cependant l'œil alerte et ferme du renard qui va glaner au poulailler.

– Prenez le thé avec nous, mon ami, poursuivit-elle en lui versant une tasse du bouillant liquide. Vos recherches valent bien le prix de quelques carreaux brisés.

– Ma femme détestait cette porte et voulait justement la remplacer, dit-il, avec une œillade amusée. Elle prend

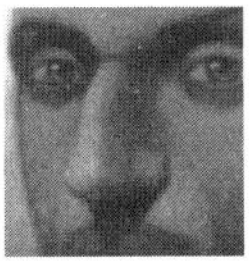

toujours mes intérêts, surtout si ça entame mon capital !

Je ne compris rien à son calembour d'adultes.

– Omer ! s'insurgea-t-elle, en faisant mine de s'offusquer. Si vous me taquinez encore, je ne vous apprendrai pas à patiner, na !

– Vous patinez, Madame ? demanda la nonne, après m'avoir lancé un regard entendu.

Il semblait bien que Saint-Ignace veuille savoir autant que moi d'où provenaient ces fichues empreintes de lames devant la 3B.

– Ma femme est une irréductible sportive, expliqua le mari.

Ce qui anéantit *illico presto* nos soupçons, l'irréductible n'ayant certainement pu s'astreindre à chausser des patins pour débutants. Ninette réapparut avec une balayette et une pelle à poussière. J'en profitai pour déposer la tasse dont je ne savais que faire, braquant un œil gourmand sur les branches chargées de l'arbrisseau.

– Vous cultivez les cerises ? m'informai-je.

– Ce n'est pas un cerisier, mais un plant de belladone, répondit l'apothicaire. Tout ce qu'il y a de plus nocif.

– Vous faites pousser du poison et vous êtes apothicaire ? m'étonnai-je.

– Voyons, Vipérine ! me tança ma grand-tante. Excusez-la, cher monsieur, ma nièce est d'une telle curiosité...

– La curiosité n'est-elle pas le vestibule de l'intelligence ? m'excusa-t-il.

Il cueillit une petite bille vermeille qu'il me glissa dans la main. J'examinai le fruit avec attention.

– Avec les feuilles de belladone, mademoiselle, je fabrique l'atropine qui me sera nécessaire pour la production de cigarettes médicinales.

– Des cigarettes qui guérissent ? repris-je. C'est une idée extraordinaire !

– Omer a toujours été un génie en puissance, convint Julienne Dumontel, avec d'orgueilleux battements de cils.

Son mari pouffa de rire entre deux gorgées de thé et je crus qu'il allait suffoquer.

– On m'a dit que vous faisiez aussi pousser du tabac, poursuivis-je sans oser récupérer mon carnet et mon bout de crayon dans ma poche.

J'ignorai sciemment le regard meurtrier dont Ninette me dardait férocement. Elle s'affairait toujours à ramasser les tessons de vitre qui encombraient le sol. L'un des petits fruits ornant son couvre-chef tomba dans son ramasse-poussière. C'était de la belladone.

– J'en ai tout un champ, répondit l'apothicaire. Le tabac cache de remarquables vertus, puisque les Amérindiens le vénéraient comme une plante sacrée, n'est-ce pas, Julienne ? Mais j'avoue les chercher encore. J'ai la chance que le frère Majorique veuille bien se prêter à mes expérimentations.

– Les cobayes ne doivent pas se bousculer à votre porte, en effet, fit Saint-Ignace avec dédain. Le cher homme est bien charitable de s'abîmer la santé pour la science.

– Survivre dans ce pensionnat est déjà un exploit, ma mère. La misère et la famine transforment ces sauvages en voleurs et en brigands, c'est abominable, se plaignit encore Julienne Dumontel.

– Si le collège avait brûlé, vous auriez retrouvé toute votre tranquillité, fis-je remarquer.

Cette fois, Omer Dumontel s'étouffa raide. Un silence pesant se substitua à l'atmosphère jusqu'ici joyeuse du petit salon. Dans sa cage, même le serin s'était tu. Le visage de l'apothicaire se violaça, son sourire s'effilochant comme mes bas de laine trop usés.

– N'oubliez pas, mademoiselle, que nous avons été les premiers, l'assureur Fleurant et moi, à nous précipiter pour tenter d'éteindre le brasier, se défendit-il d'une voix qui avait dégringolé d'une octave. Ma femme est elle-même venue nous prêter main-forte une demi-heure plus tard.

– Vipérine ne vous accusait pas, cher monsieur, intervint Saint-Ignace.

– L'assureur habite donc le secteur ? m'informai-je.

– Non, rouspéta l'apothicaire. Le hasard a voulu que Paul Fleurant, qui habite le village de Joliette, soit en visite chez nous au moment où le feu s'est déclaré. Nous

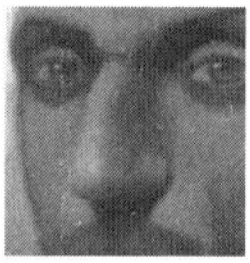

l'avions invité à souper. Notre ami était venu me porter de vieux patins dénichés chez le ferrailleur.

J'arrondis les yeux. Des patins pour les débutants, peut-être ? Ma grand-tante me jeta un coup d'œil furtif, flairant elle aussi la piste insolite qui semblait nous mener droit à l'assureur. Déjà, mon imagination s'enflammait. Paul Fleurant, déguisé en soldat anglais, aurait-il pu allumer le brasier avant de se rendre chez l'apothicaire avec son présent ? Il avait pourtant un solide alibi, le feu s'étant déclaré bien après son arrivée chez les Dumontel.

– Sachez que Saint-Elme appartenait jadis à l'ancêtre Dumontel, gronda son épouse, que j'avais carrément insultée. Nous aurions pu l'acquérir en contestant le droit de propriété des frères, nous n'avions pas besoin d'y mettre le feu.

– Une légende locale accuse l'ancien propriétaire du manoir d'avoir laissé mourir un malheureux sur le pas de sa porte. C'était votre aïeul ? demandai-je, du tac au tac.

Julienne Dumontel lança un petit cri offusqué tandis que Ninette lâchait sa balayette. D'un geste, son mari fit cesser ces vaines protestations. Soupirant, il se leva pour récupérer une bouteille dans la réserve d'alcool camouflée en trompe-l'œil derrière un tableau. Après s'être débarrassé de son thé dans une plante, l'apothicaire versa un trait de scotch dans sa tasse.

– C'est exact et je ne suis pas fier de ce fait d'armes ! Cela se passait il y a bien longtemps, vers 1760, pendant la guerre de la Conquête, alors que la France s'apprêtait à céder le Canada à l'Angleterre. C'était la pagaille.

Omer Dumontel se laissa tomber dans un fauteuil. Il but une longue rasade de son infect breuvage en contemplant les poutres du plafond.

– Mon ancêtre était médecin et habitait un manoir, sur les ruines duquel le collège de Saint-Elme a été érigé. Il détestait les Anglais au plus haut point, sans aucun discernement. Par malheur, l'un d'eux, un dénommé Manhart, pas méchant pour deux sous et qui avait justement fui l'Angleterre à cause de sa politique, habitait une cabane des alentours avec sa famille.

Je l'écoutais, totalement subjuguée, oubliant jusqu'au but premier de ma visite chez lui et le sujet de mon investigation.

– Une nuit de janvier, une nuit terriblement froide, la femme du bougre fut contrainte de donner naissance à leur enfant. Loin de son village natal, la pauvre ne put compter sur le secours des siens. La délivrance se déroulait très mal. Enfilant ses raquettes, Manhart s'en fut quérir l'aide de son voisin médecin, mon ancêtre, qui refusa obstinément de lui ouvrir. Manhart rendit l'âme devant sa porte tandis qu'à quelques milles de là mouraient sa femme et son nouveau-né.

– Le spectre de ce Manhart a fait déguerpir les Dumontel et les a obligés à abandonner le domaine, murmura la Germaine. Les villageois disent qu'il apparaît encore à Saint-Elme les soirs de grand froid pour terroriser ses habitants. Cette hantise est abominable !

La conversation avait pris un tour palpitant, que je n'avais pas prévu au départ. Ninette poussa un petit cri apeuré. Saint-Ignace, que pareils sujets répugnaient, se leva et je dus l'imiter à regrets.

– Nous devons partir pour Joliette, annonça-t-elle, pressée de mettre un terme à l'entretien qu'elle jugeait, à n'en pas douter, des plus ridicules et farfelus.

– Puis-je vous reconduire au village avec ma voiture ? Je dois m'y rendre pour affaires, s'offrit aimablement Omer Dumontel.

La nonne accepta avec empressement, avant de saluer froidement notre hôtesse. Comme je sortais à la suite de ma grand-tante, de Ninette et de l'apothicaire, la Germaine m'empoigna par un bras.

– Il faudrait apprendre à retenir votre langue, Vipérine Maltais. C'est blessant, à la fin. Dans notre société, il est tout à fait indigne d'une jeune fille bien élevée de dire tout ce qui lui passe par la tête.

– Je tâcherai de m'en souvenir, murmurai-je, les yeux baissés, faisant mine de regretter. *Niawen*, madame.

Elle me poussa vers la sortie.

– C’est moi qui vous remercie de votre visite, se radoucit-elle.

Je levai brusquement la tête, la fixant d’un air narquois. Mon piège avait fonctionné. C’était une chance que je me sois souvenue du mot indien prononcé par Bertholin et qui voulait dire merci !

– Je comprends maintenant pourquoi il y a des capteurs de rêves accrochés aux fenêtres : vous êtes indienne, constatai-je.

Julienne Dumontel s’empourpra violemment puis, m’ayant poussée dehors, me claqua la porte au nez.

6/ Nicéphore Charland

Piétons, voitures et bétail envahissaient l'artère principale de la cité de Joliette, qui se donnait des airs de grand boulevard. Les trottoirs de ciment, les beaux monuments ainsi que les grands immeubles aux toits festonnés me semblaient bien luxueux pour une population qui ne comptait pas vingt mille habitants. Monsieur Dumontel nous déposa devant une boutique coincée entre une cordonnerie et une boucherie, ayant pignon sur rue sous l'affiche de « Chauffe-camarades, réparation de chaudières en tout genre ». Une minuscule inscription précisait que le commerce était agréé par

l'Union des chaufferies. Je remarquai plus loin la devanture du restaurant *Broadway* et j'en informai ma grand-tante. Sans doute avait-elle compris, tout comme moi, que Saint-Elme nous servirait de la tire-liche à tous les repas, faute de mieux.

– Je ne peux plus avaler une seule crêpe. Ce midi, mon enfant, nous nous offrirons le restaurant ! Mais acquittons-nous d'abord de notre visite chez le réparateur.

Je me frottai les mains. Manger au restaurant, moi ? Quel bonheur ! Ce samedi serait le plus beau de ma vie ! Tandis que Saint-Ignace agrippait avec fermeté la poignée de la porte vitrée du commerce, le clocher du village se mit à carillonner à toute volée. Au même instant, une main velue écarta le rideau jauni pour retourner la pancarte sur laquelle nous venions de lire le mot « ouvert ».

– Pas de chance, ça ferme à midi, grognai-je.

– On peut toujours ce que l'on veut dans la vie, Vipérine, me rappela ma grand-tante en levant un index décidé.

Stimulée par l'adversité, elle ne s'avouait jamais vaincue. Elle frappa donc vigoureusement, jusqu'à ce qu'une grosse face renfrognée, tenant à la fois du gorille et du bouledogue, se montre enfin par un accroc du rideau.

– C'est fermé, bout de crime* ! Tu sais pas lire ? aboya une grosse voix.

*Juron d'un patois québécois de l'époque.

J'arrondis les yeux, une main plaquée sur la bouche. Comment cet impoli pouvait-il tutoyer ainsi ma grand-tante ?

– Vous êtes monsieur Charland ? s'informa la nonne, nullement intimidée par le malappris.

La porte s'ouvrit sur un individu à la bedaine énorme, vêtu d'un maillot de corps taché de sueur. Il nous examinait sans retenue, les pouces passés sous les bretelles de son pantalon. Il retroussa sur nous une bouche dédaigneuse, d'où émergeait un cure-dent.

– Ton nom ? lança-t-il effrontément à la religieuse, dont le visage vira au rouge, à la façon du mercure d'un thermomètre qu'on plongerait dans l'eau bouillante.

– Nous n'avons pas gardé les cochons ensemble, vocifëra-t-elle.

– Sûrement pas, fifille. Mon travail à moi, c'est réparateur de chaufferette et guenillou* à temps perdu.

Je faillis éclater de rire.

– C'est justement la raison pour laquelle nous sommes venues vous voir, intervins-je avec amabilité. Nous voudrions acheter un fer à repasser de seconde main.

Nicéphore Charland émit un large sourire, au tiers édenté. Il avait les joues aussi rondes et rouges que des grosses pommes bien mûres, ce qui faisait ressortir le crin jaune qui dépassait de son béret.

*Au Canada, chiffonnier.

– Suivez-moi, fifilles. J'ai exactement ce qu'il vous faut, répondit-il.

– Un fer à repasser ? Pourquoi pas un radiateur, pendant que tu y es ? maugréa Saint-Ignace, en m'emboîtant le pas.

– Laissez-moi faire, j'ai un plan, ronchonnai-je.

Il nous mena jusqu'au hangar de l'immeuble, dans lequel s'amoncelaient d'innombrables objets hétéroclites et rouillés, dont une énorme lance d'incendie. Et si c'était celle qu'on avait utilisée à Saint-Elme ? Comme j'en faisais l'inspection, je demeurai bouche bée devant les coupures qui la crevassaient à la façon de meurtrières. Ou plutôt, *à la façon d'une double lame de patins*.

– Les pompiers me l'ont donnée à rafistoler ce matin, m'expliqua le réparateur.

– Le gel l'a abîmée ? demandai-je.

– Si ce boyau s'est fendu à cause du froid, je veux bien me transformer en bonhomme Sept-heures* ! Je m'en suis encore servi il y a trois semaines pour parfaire la glace de la patinoire municipale et il était en bon état. Non, c'est un mauvais coup des vandales de Saint-Elme, pour sûr...

Dans un vacarme qui ameuta tous les chiens du quartier, il se mit à fouiller jantes de pneus, casseroles, chaudières, bicyclettes et tuyaux. Il brandit finalement d'un geste victorieux l'objet de mon désir : un petit fer à

* Au Canada, personnage de conte.

repasser qui paraissait comme neuf. Je m'en saisis aussitôt.

– Trente sous, me lança-t-il. Excellent état ! À ce prix, c'est donné ! Je l'ai ramassé il y a deux jours.

– C'est une aubaine, ma tante ! m'exclamai-je. J'ai hâte que la blanchisseuse de Saint-Elme le voit ! Elle en deviendra verte de jalousie !

À ces mots, Nicéphore Charland devint aussi piteux que dépité. Je crus même qu'il allait avaler son cure-dent. Ma tactique avait fonctionné ; il était tombé dans le panneau à pieds joints, ce qui prouvait qu'il s'agissait bien du fer de Ninette. Je soupçonnais le réparateur de l'avoir dérobé encore brûlant pour réchauffer le radiateur récalcitrant de la 3B, faisant ainsi croire qu'il l'avait réparé.

– Vous venez du collège de Saint-Elme ? Ah ! mais ce fer ne convient pas du tout ! rétorqua-t-il en me l'arrachant des mains. Beaucoup trop vieux ! Et rouillé, aussi. Je ferme à midi, je n'aurai pas le temps de vous en trouver un autre.

– Il est bien tôt pour fermer un commerce qui vient d'ouvrir, râla ma grand-tante, qui n'y comprenait rien.

Elle enfila ses mains dans les manches de son manteau.

– Moi, je suis pour la fermeture de bonne heure, ma bonne sœur, et à commencer par la bouche de ma femme ! répliqua-t-il avant de s'esclaffer.

Sa plaisanterie tourna à vide, comme un moulin à court de grains.

– Vous travaillez dur, il faut vous reposer un peu, le défendis-je. Le proviseur vous a beaucoup vanté.

– Aucun calorifère ne me résiste, se targua-t-il en claquant ses bretelles. Un ajustement de robinet, rien de plus simple, fifille !

– Toute une journée pour effectuer une réparation, ce n'est pas trop quand on obtient des résultats, plaidai-je encore.

– Comment ça, toute une journée ? protesta le ferrailleur. Je suis arrivé au collège à deux heures et demie et j'en suis reparti à quatre heures dix ! Le proviseur m'a lui-même reconduit à la porte après s'être fait cuire la main sur mon radiateur. Bout de crime, il ne s'en souvient plus ?

– Vous avez bien une petite idée de ce qui a pu causer l'incendie ? tergiversa la religieuse.

– Un éclair de chaleur, pour sûr, ma vieille ! Une boule de feu et crac, boum, fini le calorifère de l'impothicaire !

– Apothicaire, le repris-je d'un grognement à peine audible.

– Un feu Saint-Elme en cette saison ? s'étonna Saint-Ignace. C'est l'été que des étincelles électriques se produisent dans l'atmosphère, pas au printemps.

Un feu Saint-Elme à Saint-Elme ? C'eut été en effet un bien curieux hasard !

– Vous avez bien dit que le calorifère de la 3B avait appartenu à l'apothicaire ? réalisai-je subitement.

Le ferrailleur hocha la tête :

– Quand *l'impothicaire* a fait installer l'électricité au manoir, sa peste de femme en a profité pour refiler son vieux système de chauffage aux frères. Tuyaux, calorifères, chaudière, j'ai tout arraché pour réinstaller la chaufferie dans l'école.

– Un acte de charité est toujours récompensé, le félicita Saint-Ignace.

– C'est pas de la charité, ça, c'est du débarras ! se piqua Nicéphore Charland.

– Vous ne semblez pas beaucoup apprécier madame Dumontel, remarquai-je.

Le gros homme esquissa un sourire maussade.

– Elle s'est plainte à mon patron parce que j'avais égratigné son parquet. La Julienne ferait mieux de s'occuper de ses fanfreluches au lieu de me causer des ennuis ! J'ai bien failli être renvoyé, moi. Et la boustifaille pour ma femme et mes six enfants, elle y a pensé, la Julienne ?

– Assurément, la chose ne doit pas être facile avec tant de petits, soupira ma grand-tante.

– Comme tu dis, la bonne sœur, assurém…

Il se tapa le front.

– Bout de crime ! Avec tout ça, j'ai oublié d'aller porter le paiement de l'assurance ! Le patron va m'étriper ! Et moi qui voulais encore calfeutrer quelques longueurs de tuyau…

– S'il s'agit du bureau d'assurance à côté du restaurant, nous pouvons très bien y aller pour vous, l'apaisai-je.

Nous passons justement par là.

Il sortit une enveloppe chiffonnée de la poche arrière de son pantalon, me la déposa dans la main.

– Ce serait aimable à vous et ça m'éviterait des représailles, fit-il, soulagé. Si on ne peut pas faire confiance à une nonne et à une couventine…

Il tira un second papier de sa poche.

– Tiens, remets-lui aussi ma facture de jeudi pour l'aiguisage de ses patins. S'il se promène avec des caoutchoucs neufs, il peut bien me payer tout de suite.

– L'assureur patine ? demanda ma tante, l'oreille à l'affût.

– Il joue même au hockey. Mais ce sont des harnais à double lame pour débutants qu'il m'a fait aiguiser. Ça s'attache sous les bottines des petits enfants.

– Je ne serais pas étonnée qu'il s'agisse des patins que l'assureur a offerts à monsieur Dumontel, chuchota ma grand-tante.

Cela me parut évident à moi aussi, mais je me mordis la lèvre, préoccupée par un tout autre élément de notre enquête. Mes pupilles se braquèrent à nouveau sur l'une des balafres du tuyau des pompiers. Je réalisai subitement que celle-ci correspondait en tout point à l'une des marques fichées devant la porte barricadée de la 3B. Déjà, une théorie farfelue s'échafaudait à toute vitesse dans ma cervelle en ébullition. Était-il possible que ce tuyau ait été piétiné accidentellement par des patins à lame double ? C'était trop absurde, ma théorie ne tiendrait pas la route !

La faim me tambourina l'estomac. Je tirai Saint-Ignace par la manche et nous nous éloignâmes en direction du restaurant.

– Tu m'as l'air déçue, constata-t-elle. Ce fer à repasser te faisait tellement envie ? J'avoue que je ne te connaissais pas de talents ménagers, ma chère enfant.

– Vous savez bien que je déteste repasser, répliquai-je vivement.

Je songeai soudain à ma pauvre belle-mère, chargée de la lessive de seize enfants pendant les vacances d'été. Le souvenir de la repasseuse industrielle que lui avait achetée papa me retroussa les lèvres. C'était si amusant de manier une pareille machine ! Et bizarrement, c'étaient toujours à Olivine et à moi que la veuve Miron accordait le privilège de la faire fonctionner. Je l'aimais bien quand même, moi, la nouvelle femme de papa.

7/ Paul Fleurant

L'escalier, étroit et raide comme le caractère de notre sœur économe, était dénué de rampe. Aussi les murs qui l'encadraient étaient-ils décorés d'empreintes digitales. Sur le portique d'entrée, cou tendu vers le haut, Saint-Ignace comptabilisa par-dessus ses petites lunettes argentées les quinze marches qui menaient à l'étage.

– Remets l'enveloppe en main propre et rejoins-moi au restaurant, décréta-t-elle. Pendant ce temps, je choisirai la table.

Ma grand-tante semblait avoir développé une véritable aversion pour les marches. Je m'exécutai donc sans attendre, grimpant quatre à quatre pour croiser, au faîte

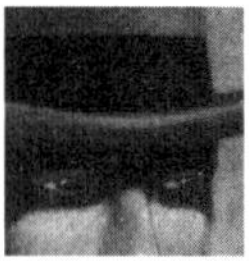

de l'escalier, une dame qui s'apprêtait à descendre d'un pas précautionneux.

– Dépêche-toi, monsieur Fleurant part dans une minute, m'avertit celle-ci.

Un murmure diffus et imprécis m'accueillit sur le pas de la porte, murmure que je suivis comme une piste fraîche. Je me dirigeai vers le secrétariat déserté, puis bifurquai vers la salle d'attente où perçait une porte entrouverte. La voix d'homme se précisa et je devinai à ses pauses que mon assureur parlait au téléphone.

– … je n'ai pas pu jouer, je me suis fait voler mes patins et je n'étais pas assuré ! J'ai aussi perdu mes caoutchoucs jeudi ! Cordonnier mal chaussé, comme on dit.

Paul Fleurant laissa débouler un ricanement tonitruant, qui étouffa mon vain toussotement. Je soupirai. Une conversation sur le hockey risquait de déraper et de s'éterniser en prolongation. Je n'avais d'autre choix que de prendre mon mal en patience et d'espérer que l'estomac de monsieur Fleurant crie famine avant que ma grand-tante ait tout mangé.

Pour tromper ma faim, je me mis à déchiffrer les avis publics qui tapissaient le mur. Chaque feuillet, paru dans un journal, était daté du premier jour du mois et concernait des recherches d'héritiers disparus, à qui avaient été léguées de grosses sommes d'argent.

– J'ai accroché mes patins, clamait encore l'assureur. J'irai vous encourager, mais je ne jouerai pas… sauf au théâtre, immanquablement !

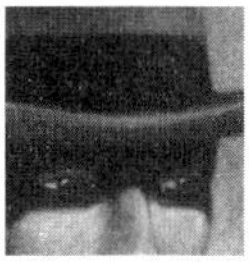

Je vérifiai l'enfilade des colonnes de noms, espérant qu'une vieille tante inconnue ait fait de moi sa riche héritière. Les feuillets des mois de janvier, février et mars 1921, piqués au mur par ordre chronologique, s'étant avérés décevants, je poussai plus avant mes investigations. J'escaladai une chaise en même temps que l'année 1920, les avis étant cette fois fixés à quelques centimètres du plafond.

– Où est passé celui de novembre 1919 ? me surpris-je.

Comme je n'en trouvais aucune trace sur le mur, j'explorai consciencieusement l'amoncellement de vieux journaux qui encombraient une table en coin. J'y dénichai le mensuel et y cherchai fébrilement la page dix-sept. Celle-ci avait été arrachée.

Je me juchai à nouveau sur mon escabeau de fortune, m'apprêtant cette fois à retirer délicatement les épingles à têtes rouges qui punaisaient les avis d'octobre et de décembre 1919. La page manquante était peut-être encore piquée dessous ? J'étais si concentrée dans ma tâche que je ne pris pas conscience du silence subit qui s'était fait autour de moi.

– Mais… qu'est-ce que vous fabriquez là ? éclata soudain une voix dans mon dos.

Je perdis l'équilibre, battant des bras à la façon d'une nageuse de crawl dorsal, avant de perdre pied, rattrapée de justesse par mon interlocuteur. Celui-ci, un homme dans la trentaine, dont la barbichette et la moustache marron

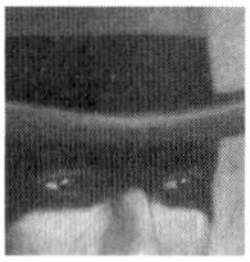

encerclaient des lèvres charnues, me considérait avec surprise, son visage grassouillet penché sur le mien. Il avait les yeux bruns, comme le soldat de Bertholin.

Rebondissant sur mes jambes, je replaçai mon béret d'une main. De l'autre je brandis mes enveloppes.

– Monsieur Fleurant ? Voici du courrier de la part de Nicéphore Charland, le réparateur de chaudières.

Saisissant les papiers, il les enfouit dans sa poche, sans même les ouvrir.

– J'ignorais que ce rustre de chauffagiste s'était trouvé un commissionnaire, répondit-il. Il semble qu'il soit davantage expéditif pour réclamer ses honoraires que pour acquitter ses propres dettes.

Il ramassa son chapeau de feutre tombé par terre. Son écharpe, assortie à ses gants chamois, était enfilée dans l'encolure d'un élégant manteau de tweed. Mais, contrairement à ce que prétendait Nicéphore Charland, l'agent d'assurance ne portait pas de caoutchoucs. Je me souvins qu'il avait dit les avoir égarés le jour de l'incendie. Il me tendit une main gantée :

– Alors au revoir, ma damoiselle… au fait, à qui ai-je l'honneur ?

– Vipérine Maltais. Je suis en visite à Saint-Elme pour la fin de semaine.

Je lui serrai maladroitement la main.

– Il vous manque un doigt ? constatai-je, le souffle court.

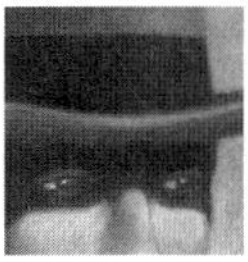

« Comme le soldat anglais », faillis-je ajouter.

– Un bête accident. Toutefois, je vous assure que je ne manque pas de doigté, du moins en affaires !

Son jeu de mots était moins insipide que ceux du livreur de glace du couvent*. Le courtier me poussa vers la sortie.

– Mais il vous manque l'avis de recherche de novembre 1919, poursuivis-je, sûre de moi.

Je désignais le mur qui servait de tableau d'affichage. Son front ondula sous une ride irritée pour se détendre presque aussitôt.

– Mais non, ma damoiselle. Le voici, votre avis.

Il pointa un index amusé sur le portrait en noir et blanc encadré au-dessus d'un bureau où trônait une rutilante machine à écrire *Underwood*. La photographie avait été découpée dans un journal. J'y reconnus Paul Fleurant, pelle à la main, au milieu d'un groupe d'hommes. Un court texte chapeautait l'image :

Le maire Veilleux et ses conseillers donnent le coup d'envoi au projet du collège de Saint-Elme, proposé par M. Paul Fleurant, assureur, fondateur de la troupe de théâtre Les Rastaquouères endimanchés *et champion du club de hockey local.*

– Votre avis se trouve au verso, souligna poliment l'assureur.

* Voir *Mortels Noëls*.

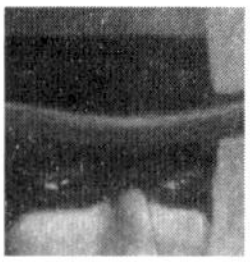

D'une main ferme, il me dirigea une fois de plus vers la porte, qu'il ouvrit.

– J'ai un protégé à Saint-Elme, un jeune Indien du nom de Bertholin Chamaillard. Vous le connaissez ?

– C'est lui qu'on soupçonne d'avoir mis le feu au pensionnat.

– Je vois que cette malheureuse histoire s'est infiltrée jusqu'à vos chastes oreilles, constata-t-il en refermant la porte sur nous et en s'emparant d'une clef, qu'il introduisit dans la serrure.

– On m'a dit que vous avez été l'un des premiers à accourir pour éteindre le brasier, dis-je.

– En effet, je m'étais rendu chez les Dumontel afin de les inviter à l'avant-première de ma pièce de théâtre qui se jouera dimanche après-midi, au sous-sol de l'église paroissiale.

Des patins, il ne dit pas un mot. Toujours affable, mais pressé, il s'engouffra le premier dans l'escalier. Je le talonnai.

– C'est une pièce musicale. L'action se déroule sur les plaines d'Abraham en 1763, au moment où la France cède le Canada à l'Angleterre, poursuivit-il.

Je fis à nouveau le lien avec l'homme que Bertholin prétendait avoir vu à la 3B.

– Y a-t-il des gens habillés en soldats anglais dans votre pièce ?

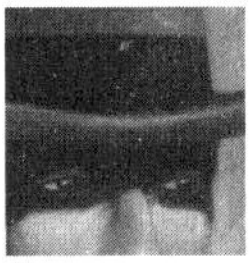

– Évidemment !

Le feu me monta au visage. Aurai-je enfin trouvé mon coupable ? L'assureur se serait-il déguisé pour commettre le crime ?

– On m'a dit que le jour de l'incendie, vous avez tenté de vendre une assurance au proviseur de Saint-Elme, lançai-je de façon inopinée.

Du bas de l'escalier, il se retourna vers moi. Je m'immobilisai au milieu des marches.

– On vous a dit beaucoup de choses, mais elles ne vous regardent pas, tonna-t-il. Le secret professionnel me lie à mes clients.

– Bertholin Chamaillard n'est pas un de vos clients. Quel secret vous lie à lui ?

Son regard fuyant bifurqua sur les taches de doigts qui noircissaient le mur, et sur lesquelles il sembla s'agripper.

– La mère de Bertholin m'a fait nommer tuteur. Mon rôle est d'administrer l'argent du collégien, non pas de le défendre s'il commet des bévues.

– Il n'a pas un sou. D'ailleurs, je ne crois pas que Bertholin ait allumé l'incendie.

– Votre questionnaire sera-t-il encore long ? s'impatienta-t-il.

– Il y a longtemps que votre cabinet d'assurance a ouvert ses portes à Joliette ?

Paul Fleurant me dévisagea, ébahi.

– Tout juste un an. Sachez également que je ne suis pas marié, que j'ai eu la varicelle et la coqueluche et que je déteste qu'on fouine dans mes affaires. Maintenant, il suffit, fulmina-t-il.

– Je pourrais avoir un stylo promotionnel pour ma collection ? osai-je encore demander, cherchant à savoir de quelle façon Ninette s'était procuré le sien.

Je battis des paupières à la façon de ma sœur Olivine.

– Je n'en ai qu'un et j'y tiens, marmonna-t-il. Un vieux souvenir de mon ancien cabinet de… de…

L'agent d'assurance se mit à tâtonner la poche intérieure de son veston à la recherche de l'objet. À mesure que sa recherche s'intensifiait, la teinte de son visage devenait de plus en plus livide, comme si le sang qui l'alimentait s'en retirait peu à peu. Il me semblait que toute son attention se concentrait à savoir où il avait pu perdre ce satané porte-plume.

– Ninette, peut-être ? lançai-je, toujours serviable.

– Vous croyez ? C'est vrai qu'elle me l'a emprunté après m'avoir fait épeler le mot *ammo*…

Il s'interrompit brusquement, les yeux ronds comme des billes.

– Le mot *ammoniac* ? demandai-je.

Dans un temps record, sa figure se décomposa en une palette de mimiques et d'expressions variées, qui débuta avec l'étonnement, la stupeur, puis qui vira à la fureur.

– Est-ce que vous m'espionneriez, par hasard ? hurla-t-il.

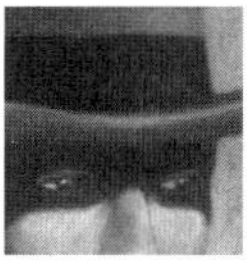

Il fondit sur moi. Au moment où il parvenait à mon niveau, la porte du rez-de-chaussée s'ouvrit toute grande sur Saint-Ignace.

– Doux Jésus, Vipérine, veux-tu bien me dire ce que tu fais encore ici ?

Surpris par cette interférence à cornette, Paul Fleurant perdit pied. Je cachai mes yeux sous mes paumes. La dégringolade se termina aux pieds de la nonne, dans un bruit sourd et un juron étouffé.

Pendant une interminable minute, mon cœur se débattit dans sa cage thoracique comme le myocarde d'un petit poulet qu'on expédie à l'abattoir. J'avais les joues en feu et la gorge nouée par la frousse.

8/ Menon Saganash

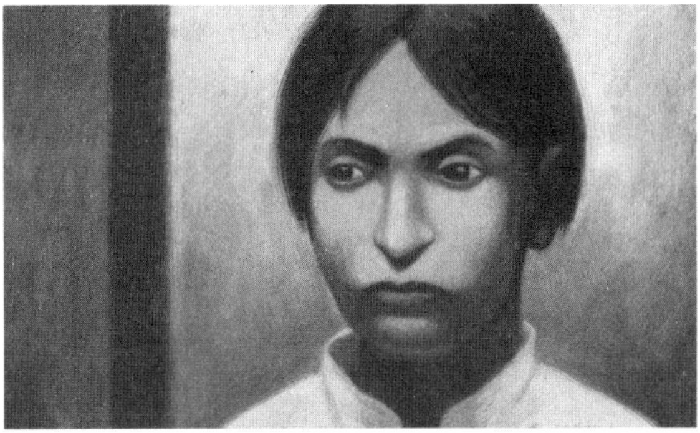

Conjuguées à ma faim de loup, les vapeurs de l'éther me donnèrent le tournis. Soudain affaiblie par la sensation de flottement qui s'emparait de ma cervelle sous-alimentée, je fermai les yeux. Ma tête retomba sur l'épaule de Saint-Ignace, assise près de moi. Adieu, mon premier repas au restaurant...

– L'hôpital est le pire endroit pour attraper du mal, proclama ma grand-tante, en tapotant ma main.

Comme pour lui donner raison, une femme installée devant nous se mit à éternuer cinq fois d'affilée. Plus loin, un poupon hurlait dans les bras de sa mère, terrorisé par les risettes du vieil homme au teint jaunâtre

penché sur lui. La religieuse se leva d'un bond, ce qui faillit bien me faire tomber.

– Enfin, le voilà ! Après trois quarts d'heure d'attente, ce n'est pas trop tôt, doux Jésus !

Paul Fleurant traversa la salle d'attente de l'hospice Saint-Eusèbe, une compresse fixée sur le front avec du sparadrap. À notre vue, il se renfrogna.

– Vous êtes encore ici, vous ? grogna-t-il.

– Nous voulions nous assurer que vous vous portiez mieux, s'excusa la nonne. Quel bête accident !

– N'ayez crainte, ma mère : deux points de suture et il n'y paraît déjà plus, répondit-il d'un ton courtois, mais sec. Toute cette peine pour un malheureux stylographe que j'avais promis à Vipérine et que je montais lui chercher.

– Mais, c'est faux..., objectai-je.

Pourquoi mentait-il ainsi ? Que voulait-il cacher ? Ma grand-tante me pinça le bras, ce qui me dissuada d'insister.

– Puis-je vous reconduire en taxi ? Un charretier m'attend devant la porte, proposa l'assureur, contrarié.

– Merci, mais nous avons encore une visite à effectuer, rétorqua-t-elle.

– Une visite à Menon Saganash ? m'enquis-je, dès que notre courtier eut tourné les talons.

– Il faut aller lui tirer les vers du nez, à celui-là.

– Mais ce n'est pas l'heure des visites !

– Ça, j'en fais mon affaire.

Et en moins de temps qu'il n'en faut pour le dire, la renarde s'attaqua à la froideur de sa consœur corbeau perchée derrière le comptoir de la réception. Au terme d'une entourloupette, de deux ou trois flatteries bien placées, elle obtint en quelques secondes une permission que j'aurais mis des jours à décrocher. Quel fromage !

– Voilà le travail ! chuchota-t-elle, peu fière.

Je la suivis dans l'escalier de service, puis à travers un enchevêtrement de couloirs jalonnés de portes fermées, derrière lesquelles s'élevaient parfois des pleurs. Et tout cela sans rencontrer âme qui vive. À cette heure-ci, les jeunes malades faisaient sans doute la sieste. Le salon désertique où nous aboutîmes, tapissé de fleurs fanées, était aussi triste qu'un jour sans pain. Des gémissements et des bruits de vaisselle entrechoquée nous parvenaient en rafale, avec l'odeur puissante et nauséabonde des médicaments. J'eus un haut-le-cœur.

Soudain, un garçon de mon âge entra en trombe, une robe de chambre enfilée sur son pyjama rayé bleu et blanc. Grand, désinvolte, il s'immobilisa pour nous dévisager sans vergogne. Une longue mèche de cheveux ébène lui cachait la moitié d'un œil, ses sourcils dessinant un grand V au-dessus d'yeux vifs et sombres, d'une intelligence perçante. Il avait le nez pointu et les lèvres proéminentes. De toute évidence, Menon Saganash était moins décharné que son copain Bertholin et avait mieux

su résister que lui à la dureté du climat de Saint-Elme.

La religieuse nous présenta tout de go comme ses vaillants défenseurs. Elle s'empressa de préciser que nous désirions trouver le coupable impuni d'un crime qui, non seulement l'avait conduit à l'hôpital, mais avait fait un croche-pied irréparable à son année scolaire.

– Aidez-nous à vous ramener au collège en toute sécurité, déclara-elle.

Quelle maladresse ! L'alternative d'un voyage en enfer n'aurait pas provoqué d'autre réaction. Il fut secoué par un interminable accès (pour ne pas dire « excès ») de toux qui irrita davantage nos pauvres tympans que le gosier du malade. Saint-Ignace plissa un nez dédaigneux.

– Vous avez une très mauvaise grippe, remarqua-t-elle.

– Pardonnez-moi, je n'ai pas pu en attraper de meilleure, s'excusa Menon.

Je pouffai de rire. Le garçon s'époumona de plus belle, sans même prendre la peine de se couvrir la bouche. La sœur directrice, qui avait une peur bleue de la grippe espagnole depuis l'hécatombe de 1918, détourna la tête pour se protéger d'éventuels crachats. En désespoir de cause, elle s'empara d'une carafe déposée sur la table.

– Un peu d'eau vous fera le plus grand bien, jeune homme, décida-t-elle.

Tandis qu'elle s'éloignait à la vitesse maximale de ses pattes menues, Menon me lança une œillade :

– La vie ici, c'est le paradis ! Je mange à ma faim et je dors bien au chaud sans entendre les autres brailler toute la nuit. Je ne veux plus jamais retourner à Saint-Elme. Approche-toi, ma grippe n'est pas si vilaine, je faisais un peu semblant.

J'obéis, trop contente de questionner enfin la victime de notre affaire. Dans un bruit aigu, mais sinistre, je traînai ma chaise près de la sienne. J'avais la singulière impression de commencer mon enquête par la fin. Mais ne valait-il pas mieux tard que jamais ?

– Le soir de l'incendie, tu as dit n'avoir vu personne dans la classe 3B. Faisais-tu aussi semblant ? demandai-je.

– Meu non, cette fois-là j'ai dit la vérité !

– Bertholin Chamaillard, lui, prétend avoir vu un homme. Sais-tu qu'on accuse ton ami d'être le pyromane ?

– Quoi ? s'étrangla-t-il.

Puis, baissant la voix, il poursuivit :

– Bertholin voit des fantômes. Sa grand-mère lui est même apparue il y a un mois. Moi, je te dis qu'il n'y avait personne d'autre que nous deux dans la 3B. Il a dû voir le spectre qui hante l'école.

– C'est ta parole contre la sienne.

– Je n'y comprends rien, soupira-t-il. Nous faisions de la copie. Le frère Majorique avait piqué une colère parce qu'il nous avait surpris à chiquer. Quand je me suis endormi à mon pupitre, Bertholin travaillait encore à

côté de moi. Je n'ai jamais vu de feu. D'ailleurs, ça ne sentait pas la fumée, ça sentait l'ail.

– L'ail ?

– L'ail frais. La senteur semblait provenir du casque que le frère avait cabossé. On avait dû le remplir de gousses d'ail pour éloigner les vampires !

Il éclata de rire, ce qui lui arracha une nouvelle quinte de toux. J'arrondis des yeux incrédules. Était-ce une coïncidence que ce soit justement ce couvre-chef qui ait disparu ? D'après Bertholin, le frère Majorique l'avait jeté à la poubelle. J'aurais bien aimé mettre la main dessus pour voir s'il pouvait receler quelque indice.

– S'était-il passé quelque chose d'inhabituel ce jour-là ? repris-je.

Je cherchai dans mon calepin la page consacrée au fameux casque. Le garçon se concentra, chercha quelque chose qui aurait pu dépatouiller son copain, sans pour autant lui donner l'air de mentir.

– Meu non. Bertholin et moi avons fait le ménage du parloir et de la 3B jusqu'à trois heures et demie, comme d'habitude. C'est très instructif de nettoyer les cendriers ou les parquets, tu sais ? Mine de rien, nous savons tout ce qui se passe au pensionnat. Ce jour-là, c'était la cohue : l'agent d'assurances est arrivé à une heure et reparti à deux, juste avant l'arrivée de la blanchisseuse. À deux heures et demie, ça a été le tour du réparateur. Au dernier coup de quatre heures, j'ai surpris Nini à la chaufferie à farfouiller dans la réserve de nettoyants.

– Pourquoi t'étais-tu rendu à la chaufferie ?

– Pour deux raisons. D'abord, la veille, j'avais renversé la bouteille de nettoyant à crachoirs et j'avais peur que l'adjoint s'en aperçoive. Je l'avais remplie d'eau, puis rangée à sa place, sur la tablette, mais je préférais m'en débarrasser. J'ai été bien surpris de voir Nini la casser dans la chaudière ! C'est sûrement ça qu'on appelle de la transmission de pensées.

– Non, c'est de l'ammoniac. Et ton autre raison ?

– Un rendez-vous secret avec Ninette...

À ce moment précis, la porte battante s'ouvrit toute grande sur Saint-Ignace... et sur le frère Majorique. Celui-ci me darda d'un regard ironique, un sourire lui retroussant la commissure des lèvres. Je me demandai quelles bribes il avait bien pu attraper de notre conversation. Menon se referma comme une huître qui fait trempette. La religieuse déposa une pleine carafe d'eau sur la table.

– Regardez la belle visite qui vous attendait devant la porte ! s'écria-t-elle. Votre professeur se dévoue pour vous, mon garçon.

– Je vous ramène au pensionnat, Saganash, confirma l'adjoint du proviseur.

Le collégien se mit à geindre en se tenant le côté gauche du ventre.

– Je fais une crise d'appendicite, gémit-il.

Je sursautai d'effroi au bruit que fit le poing de Ti-pou en frappant la table.

– Vous êtes un menteur, Saganash, fulmina-t-il. Sachez qu'il y a dans le mot appendicite la lettre *d*. *D* comme droite. C'est à droite et non à gauche qu'il vous faudrait faire semblant d'avoir mal.

9/ De rebuts en rébus

Le père Cloridan, son adjoint ainsi que ma grand-tante s'attardaient autour d'une infusion de thé qui ressemblait à du goudron liquide. Dix-huit heures trente avaient sonné. Dans le réfectoire, le brouhaha s'était éteint, les collégiens s'étant précipités à leur joute de crosse quotidienne. Comme je n'avais rien avalé depuis le petit déjeuner, la tireliche m'avait paru un pur délice. Repue, Saint-Ignace se leva en me lançant un coup d'œil complice :

– Une petite promenade de santé nous fera le plus grand bien, proposa-t-elle.

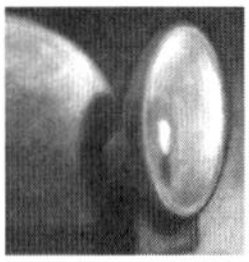

Mue comme par un ressort à boudin, je bondis de ma chaise.

– Laissez-moi vous accompagner, chère Belzémire, s'offrit le proviseur.

– Nous voulons être seules, objecta-t-elle trop vivement, aussi rusée qu'un gros ours mal léché.

Cette repartie dessina sur le front de son vieil ami une ride de déception… et alluma dans l'œil de l'adjoint une lueur de suspicion.

– Les enfants m'attendent dehors, annonça ce dernier, se levant à notre suite.

Le grand air, qui fouetta notre entrain, apporta à nos oreilles les exclamations des joueurs de crosse. Bras dessus, bras dessous, nous prîmes toutes deux la direction d'un minuscule bâtiment adjacent au pensionnat, dont les effluves nauséabonds nous attiraient comme un aimant. Il fallait faire vite, le soleil ne tarderait pas à disparaître de l'horizon. Le hangar à poubelles deviendrait alors aussi sombre qu'une crypte. Je commençai à fouiller d'un côté, ma grand-tante de l'autre.

– Au secours, Vipérine ! entendis-je soudain hurler Saint-Ignace.

Zigzaguant entre les ordures, j'accourus pour la trouver tête première plongée dans une poubelle. Ses bottines à lacets qui battaient l'air avec affolement avaient tout d'une scène comique de théâtre burlesque. J'empoignai la nonne par la taille, tirai de toutes mes forces, et nous roulâmes par terre parmi les détritus, dans un vacarme

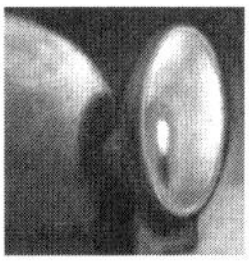

qui fut bientôt enseveli sous nos éclats de rires.

– Doux Jésus, mon enfant, si quelqu'un nous voyait ! s'exclama-t-elle, le nez noirci par la suie.

S'étant relevée et époussetée d'une chiquenaude, elle me tendit ce qui me sembla un vieux bout de ferraille calciné.

– Je crois que j'ai trouvé ce que tu cherchais, annonça-t-elle avec fierté. Voilà ce qui reste du casque de mineur.

– Bravo ma tante ! la félicitai-je. Vous êtes une vraie championne !

J'examinai la pièce à conviction, puis fronçai les sourcils. Elle devina aussitôt ma question.

– Comme tu vois, ce casque est surmonté d'une petite lampe d'éclairage à acétylène, expliqua-t-elle, les yeux pétillants d'excitation. Les mineurs devaient pouvoir y voir clair, cent pieds sous terre.

Soudainement, une voix lugubre et tonitruante jaillit dans notre dos :

– Mais qu'est-ce que vous faites là ?

Je reconnus dans la pénombre la silhouette du frère Majorique, au garde-à-vous entre deux poubelles. Il nous dévisageait d'un air à la fois ahuri et rebuté, un doigt dédaigneux posé au travers des narines. J'eus tout juste le temps de camoufler notre trouvaille derrière mon dos.

« Pas encore lui ! À croire qu'il nous guette », songeai-je avec humeur.

– Nous cherchons la bibliothèque, balbutia la nonne, incapable de bien mentir. La bibliothèque ? Franchement, elle aurait pu trouver mieux !

– Je doute que vous la trouviez dans le hangar à poubelles de l'école, vociféra l'autre d'un ton moqueur.

– Ah ! je me disais bien aussi ! soupira-t-elle. Tu vois, Vipérine, nous nous étions égarées.

Bizarrement, il reluqua du côté de la poubelle renversée, comme s'il cherchait quelque chose. Le casque dont il s'était débarrassé après l'avoir cabossé, sans doute ? Ma perspicace grand-tante eut tôt fait de l'empoigner par un bras. L'adjoint tenta sans succès de se défiler.

– Je vous serais redevable de nous conduire à bon port, mon cher frère, l'exhorta-t-elle. Votre collège est un véritable dédale.

Ce qu'il fit bien malgré lui, s'empressant de nous abandonner à destination à la première occasion.

Je soupirai de déception. Ce que la nonne qualifiait de bibliothèque n'était en fait qu'un cagibi coincé entre deux bureaux, où s'empilaient dans le plus grand désordre paperasse et journaux poussiéreux. Un dictionnaire délabré, une encyclopédie historique, un guide sur les produits dangereux, un atlas géographique régional, des exemplaires d'un journal mensuel et une douzaine de livres en latin semblaient constituer tout le savoir de Saint-Elme. Nous nous mîmes aussitôt à la tâche, sceptiques de pouvoir trouver les renseignements

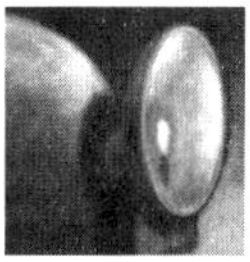

convoités sur des rayons si faméliques. Mais c'était sans compter sur notre chance proverbiale, la vaste culture d'une directrice de couvent… et les notes inscrites sur mon carnet. Car tout était bien là, devant nous, à portée d'yeux.

Saint-Ignace éplucha le guide sur les produits dangereux et les mensuels avec un franc succès. Au bout d'un long moment, le nez enfoui dans le dictionnaire, je me tournai vers la cornette qui s'affairait près de moi à décortiquer cette fois-ci l'histoire du canton.

– Que signifie le mot *hart*, ma tante ? demandai-je devant la page arrachée.

– C'est un vieux mot anglais qui veut dire « élan ». Un cerf, si tu préfères.

– Un cerf ? répétai-je, ahurie.

Un cerf ? Mais bien sûr ! Nous nous dévisageâmes, bouche bée. Je poussai un petit cri victorieux. Tous les morceaux de notre jeu de cubes s'assemblaient enfin pour former un solide échafaudage. J'étais prête pour l'ultime et unique représentation, envahie par l'étrange sensation du funambule qui s'apprête à marcher sur une corde sans filet de sûreté. Le plus vite serait le mieux. Vivement dimanche !

10/ Rideau!

Les applaudissements clairsemés ne firent pas trembler le sous-sol de l'église de Joliette. Les acteurs de la troupe *Les Rastaquouères endimanchés* saluèrent leur public avant d'abandonner l'estrade, les yeux rougis par la déception. Cet après-midi-là, il n'y eut pas d'ovation, ce qui présageait assez mal de l'avenir de la pièce. Le crépitement s'éteignit brusquement sous le raffut douloureux des chaises qui écorchaient le plancher. Les spectateurs quittèrent la salle, la plupart sans se faire prier.

Le silence retomba lourdement autour de moi, à l'instar du rideau de velours cramoisi qui venait de s'abattre

sur la scène. Assise au premier rang avec ma grand-tante, je jetai un œil derrière moi avec un soupir satisfait : c'était ric-rac, nous étions tout juste onze.

– À nous de jouer, ma petite Vipérine, chuchota Saint-Ignace.

Elle se leva puis, pivotant vers la salle, brandit par habitude un index autoritaire mais inutile pour réclamer le silence.

– Mes amis, je remercie monsieur Paul Fleurant de nous avoir offert ce spectacle si… spécial. À présent, cher public, je vous convie à assister à une seconde représentation, jouée cette fois-ci à guichets fermés. Il s'agit d'un monologue en quatre actes intitulé « Le feu de Saint-Elme », qui se veut la reconstitution d'un crime. Maintenant, place à toi, Vipérine !

Je déglutis et, sous les regards perplexes de mes spectateurs, gravis les marches de l'estrade. Submergée par un trac fou, j'avais soudain les jambes en flanelle et le cœur qui battait à tout rompre. Et si je me trompais ? Si j'avais mal amalgamé les ingrédients de cette recette bien particulière de pot-au-feu ? Dans ce cas, ma grand-tante m'en voudrait sans doute terriblement. Notre réputation, dont elle s'enorgueillissait, serait à jamais ternie et nous deviendrions la risée des deux cents pensionnats de Montréal. J'aurais voulu disparaître sous le plancher. Mieux : me sauver en courant. C'est alors que la religieuse leva vers moi des pupilles pétillantes de bien-

veillance. Son sourire empreint de confiance chassa sur-le-champ tous les doutes et l'angoisse qui me tourmentaient. Comme elle m'aimait !

Plantée au milieu de l'avant-scène, je regardai un à un mes neuf juges alignés comme des flacons de nettoyants. Ils ignoraient qu'en fait, c'étaient eux les comédiens de cette saynète, pas moi.

Au centre, habillé d'un complet B.C.B.G., le cou ceint d'un foulard de soie, l'assureur Paul Fleurant me regardait fixement, les mains jointes sur le nez, en se donnant des airs de metteur en scène incompris. À sa droite, appuyé sur sa canne dans une veste pied-de-poule, Omer Dumontel contemplait le plancher en dressant l'oreille aux récriminations, sans doute relatives à ma personne, dont sa Germaine l'infestait. Pour l'occasion (et elles étaient rares par ici !), celle-ci étrennait un chapeau à plumes de deux étages, confectionné exprès pour exaspérer tout bon citoyen assis derrière elle ; près de ses patrons, Ninette flamboyait de beauté en dépit de la ridicule crêpe qui lui décorait le crâne. Un peu plus loin, les pieds nonchalamment appuyés sur une chaise, Nicéphore Charland ne se lassait pas de mâchouiller son cure-dent et de lancer des coups d'œil admiratifs à Ninette, coups d'œil qu'aurait certainement déplorés la mère de ses six enfants. Derrière Saint-Ignace, une main tapotant l'épaule de sa vieille amie, le père Cloridan procédait une fois de plus au nettoyage en règle

de son dentier. Lui et son adjoint encadraient les deux pensionnaires impliqués dans l'affaire, fagotés pour l'occasion de vestes propres et de nœuds papillons : Bertholin Chamaillard, en sûreté près du proviseur, était à l'affût de mes moindres paroles et gestes tandis que Menon Saganash, une mèche indomptée sur l'œil, se faisait servir une nouvelle remontrance par le frère Majorique. Je pouvais d'ailleurs deviner la blessure des murmures au tressaillement incontrôlable des muscles du jeune visage et au dédain qui retroussait les lèvres de son tortionnaire. Je toussotai et le bourdonnement cessa.

– Mon premier acte se déroule en Angleterre en 1755, débutai-je, surprise par l'écho de ma propre voix qui rebondissait sur les murs.

– Vous plagiez ma pièce, ma damoiselle ? sourcilla l'assureur.

– Philip Brown a douze ans, repris-je abruptement, faisant fi de l'intervention. Il est le fils unique d'un couple londonien très riche qui préfère la vie mondaine à l'éducation d'un enfant. Philip est malheureux comme une pierre, car il est persuadé que ses parents ne l'aiment pas à cause de son infirmité. Il lui manque en effet un doigt à la main droite. Il a été laissé dans un mauvais pensionnat, où les précepteurs le maltraitent et le privent de nourriture.

Ces quelques mots suffirent à m'assurer toute l'attention de mes spectateurs. Devant moi, le visage de Paul Fleurant

avait étrangement pâli tandis que celui du frère Majorique s'était renfrogné comme un vieux pruneau. Bertholin avait agrippé le bras de son camarade.

– Un jour, Philip décide de s'enfuir. Le malheur l'a rendu courageux et débrouillard. Il réussit à s'embarquer comme mousse sur un navire de guerre en partance pour la Nouvelle-France.

– Nous sommes bien loin de Saint-Elme, râla Julienne Dumontel.

– T'as pas compris que le bateau s'en vient guerroyer au Canada, bout de crime ? lui répondit le réparateur de chaudières, un cure-dent coincé entre les incisives. Continue, fifille. Elle m'intéresse, moi, ton *antidote* !

– « Anecdote », le repris-je mentalement tandis que la Germaine se terrait dans un silence outragé.

Je poursuivis vaillamment mon récit, envers et contre tous :

– Jamais plus personne n'entendit parler de Philip Brown et les recherches entreprises pour le retrouver s'avérèrent vaines. Elles s'achevèrent, comme mon premier acte, sur un quai de Liverpool, en Angleterre.

Un brouhaha de mécontentement monta devant moi.

– Ramassis de balivernes, grognassa Paul Fleurant en se levant. Retournez faire vos devoirs, ma damoiselle. Le théâtre classique n'est assurément pas dans vos cordes.

La voix grave et forte de ma grand-tante monopolisa alors l'attention.

– N'oubliez pas que le Tartufe de Molière ne fait son entrée qu'au troisième acte, plaida-t-elle. Laissez Vipérine poursuivre au moins jusque-là, doux Jésus ! Et sans l'interrompre, cette fois-ci !

Argument auquel se rallièrent finalement la plupart de mes auditeurs et en faveur duquel Paul Fleurant lui-même dut abdiquer. Furieux, celui-ci se laissa tomber sur sa chaise, bras croisés par-devant.

– Acte II. Dix ans plus tard, repris-je. D'après une chronique historique trouvée à la bibliothèque, Philip Brown vit paisiblement dans une cabane isolée du Portage, non loin d'ici, avec sa femme et son fils. On dit qu'il est porté déserteur, comme bien des soldats anglais cantonnés dans la région. Les Indiens des alentours, qui parlent surtout anglais, le surnomment Manhart, à cause de son adresse pour la chasse aux cervidés, nom qui se traduit par « homme-cerf ». Un soir de janvier particulièrement glacial, son épouse, qui est autochtone, se prépare à donner naissance à leur second enfant, mais les choses se gâtent. Philip enfile son vieux manteau militaire pour aller chercher le médecin qui habite le manoir.

– Mon vil ancêtre, souffla l'apothicaire, avant de recevoir un bon coup de coude de sa Germaine dans les omoplates.

– Le médecin refuse d'ouvrir, invoquant l'interdiction de venir en aide aux déserteurs. Philip meurt de froid sur son perron, sa femme et son nouveau-né trépassent à leur tour durant la nuit. Seul le fils des Brown, âgé de

trois ans, leur survit. Délaissant au matin le cadavre froid de sa mère, le bambin erre dans les bois avant d'être miraculeusement recueilli, puis élevé par un autochtone. Plus tard, comme son père avant lui, il se fera connaître dans tout le pays sous le nom de Manhart.

Les soupirs d'exaspération qui montaient dans la salle me pressaient d'en finir.

– Acte III, annonçai-je de but en blanc. Transportons-nous à Saint-Elme, le 31 mars dernier, où les visites se succèdent. D'abord, à treize heures, celle de l'assureur qui repartira bredouille une heure plus tard, sans avoir vendu de police d'assurance contre le feu. En chemin, il croise la blanchisseuse. Elle lui demande de lui épeler le mot *ammoniac* et lui pique son stylographe.

– Taratata ! J'ai oublié de le remettre, y a pas de faute ! réfuta Ninette, qui, sous l'œil courroucé de Paul Fleurant, ouvrit son sac à main. Tenez, le voilà votre machin.

– Ninette, qui sait à peine lire, tient mordicus à trouver ce produit parmi les nettoyants rangés dans la salle des chaudières, poursuivis-je. Nous comprendrons bientôt pourquoi. Sitôt arrivée à Saint-Elme, elle se rend à la salle 3B pour cacher un message à l'intention de Menon, à qui elle vend du tabac pour arrondir ses fins de mois. J'ai trouvé ce long cheveu dans le calorifère et ce message transmis sur du papier à cigarettes dans la poubelle.

– Il y a des activités interlopes dans mon école ? s'étouffa le proviseur.

Je remis les pièces à conviction à ma grand-tante, sous l'œil assassin de Ninette.

– « Quatre heures. Chaufferie. Nini. », lut la nonne. Au verso, le mot « ammoniac » est écrit de la même main.

– Menon se présente à la chaufferie à quatre heures pour rejoindre Ninette, dis-je. Il la voit casser une bouteille d'ammoniac dans la réserve de combustible. J'ai trouvé les débris dans le cendrier de la chaudière.

– L'ammoniac est extrêmement inflammable, précisa la religieuse.

Des murmures emplirent la salle. « Ninette est la coupable », chuchota-t-on, tandis que les regards se braquaient sur la blanchisseuse, devenue aussi blanche que les draps qu'elle repassait.

– C'est la faute de ma patronne ! se défendit-elle. Je ne savais pas que c'était dangereux, moi ! Elle m'avait dit de verser de l'ammoniac dans la chaudière pour me débarrasser du fantôme. Les vapeurs s'échappant des calorifères auraient dû en venir à bout.

S'ensuivit aussitôt un fou rire général.

– La pauvre fille est aussi sotte que dure d'oreille, glapit la Germaine. Je lui ai dit de se prémunir des maniaques, c'est-à-dire de tout collégien à l'affût d'un jupon, et non pas de se munir d'ammoniac. Je ne comprends d'ailleurs pas pourquoi l'incendie n'a pas éclaté dans la salle des chaudières…

– C'est que la veille, un collégien avait remplacé le contenu de la bouteille d'ammoniac par de l'eau, répondit la religieuse.

– Vous pouvez bien rire, mais le fantôme existe, il a volé mon fer ! se rembrunit la blanchisseuse.

– Ce spectre-là n'est pas bien dangereux et n'a rien à voir avec le crime, l'assurai-je. Nicéphore Charland n'a pas réussi sa réparation et craint de perdre son gagne-pain. À quatre heures, Ninette se rend à la chaufferie pour remettre son tabac à Menon. Le ferrailleur se précipite à la buanderie, s'empare du fer à repasser brûlant et s'en sert pour chauffer le radiateur, faisant ainsi croire au père Cloridan qu'il l'a réparé. C'est ce fer que monsieur Charland a tenté de nous refiler hier.

Le réparateur devint aussi rouge qu'un coquelicot. « Bout de crime de bout de crime » crus-je l'entendre marmonner.

– Vous mériteriez que je vous dénonce à votre patron ! le rabroua le proviseur.

– Mais Ninette n'a pas plus de talent pour la chasse aux fantômes que pour la vente de tabac, repris-je. Celui qu'elle vend, trouvé dans le hangar des Dumontel, est en vérité de la belladone séchée, une plante utilisée pour les expériences de l'apothicaire. Le soir du 31 mars, le frère Majorique surprend ses élèves à chiquer un étrange tabac noir dans la salle 3B.

– Ça explique pourquoi Menon dormait sur son pupitre et pourquoi Chamaillard souffrait d'hallucinations,

compris l'adjoint du proviseur. Ils avaient chiqué de la belladone.

– Bon sang de bonsoir ! glapit Omer Dumontel en verdissant de frayeur. C'est un miracle que ces collégiens ne soient pas décédés !

– Les ayant surpris, le frère Majorique pique alors une mémorable colère. Il démolit à coups de règle l'un des couvre-chefs accrochés au-dessus du radiateur. Il ordonne ensuite aux garçons de monter au dortoir dès leur copie achevée. Ne les voyant pas revenir, il descend les chercher une heure plus tard et trouve la 3B en flammes. Menon est évanoui à son pupitre. Quelques minutes plus tard, Bertholin sort du sous-bois en prétendant avoir poursuivi le pyromane déguisé en soldat anglais.

– La conclusion quant à l'identité de notre criminel me paraît facile à tirer, corrobora froidement l'adjoint.

Tous les regards se braquèrent cette fois-ci sur le pauvre Bertholin.

– Au contraire, répliquai-je. Les indices trouvés m'ont convaincue que plusieurs d'entre vous avaient un motif de souhaiter la fin de Saint-Elme. Acte IV.

Les yeux et les bouches s'arrondirent de stupéfaction, les cous s'allongeant vers moi sous l'action de la curiosité.

– Qu'est-ce qu'une femelle n'inventerait pas ? laissa fuser le frère Majorique, remarque qui fut aussitôt récriée par toutes les dames présentes. Comme si je pouvais, moi, posséder un tel motif ! Néanmoins, je ne me prononce pas au nom de mon proviseur, qui est dans les

tracas financiers jusqu'aux oreilles. Ce qui est peu dire !

Et il éclata de son rire de volatile qu'on déplume.

– N'eût été l'ouverture du pensionnat, insista à son tour Saint-Ignace, vous auriez décroché un poste de prestige à Québec avec un salaire enviable, frère Majorique. Vous vous êtes opposé au projet de collège expérimental.

– Et je ne m'en cache pas ! déclama-t-il. Mais je n'ai pas agi par ambition, contrairement à ce que vous soutenez. Il existe un rapport écrit accablant concernant les internats indiens au Canada : c'est le rapport Bryce. Il constate que près de la moitié des pensionnaires meurent des suites de leur séjour dans ces écoles. La moitié, vous vous rendez compte ? Nous n'avons pas besoin de ces prisons d'enfants dans la province de Québec !

– Cela vous autorise-t-il à couper le fil du téléphone pour retarder l'arrivée des pompiers ? rétorqua ma vaillante collaboratrice. Votre coupe-ongles, qui vous sert aussi de coupe-cigare, est très émoussé. Vipérine a trouvé du tabac à l'extrémité du fil du téléphone.

Je crus bien que Ti-pou allait faire une attaque. Il porta la main à son cœur tandis que sa bouche grimaçait quelque mot inintelligible. Le père Cloridan se leva, dardant son acolyte d'un regard sidéré.

– S'il est vrai que j'ai de très longues oreilles pour un homme, vous en avez de bien courtes pour un âne, tonna-t-il. Expliquez-vous, misérable !

– Oui, j'ai tranché le fil, admit le coupable. L'idée m'est venue après que l'école a été évacuée et que tous les élèves furent sains et saufs. Je voulais rendre la liberté aux enfants que nous affamons. Entre deux maux, j'ai choisi le moindre. Car tôt ou tard, on nous accusera d'assassinats, vous m'entendez ? Mais je vous assure que jamais, au grand jamais, je n'ai allumé l'incendie !

– C'est exact, m'empressai-je d'ajouter, soucieuse de le maintenir en vie.

Sa main tremblante chercha, puis attrapa celle de Menon. Le collégien le dévisageait, éberlué, tandis que l'adjoint se mettait à pleurer.

– Demandons-nous maintenant pourquoi Paul Fleurant s'est impliqué dans l'ouverture de Saint-Elme, dis-je. Voilà deux ans, sa vie a basculé après la lecture d'un avis dans un journal, plus exactement d'une recherche d'héritier. La fortune laissée par la succession était si colossale qu'il n'a pas hésité à entreprendre des investigations, qui portèrent fruit. Vous l'aurez deviné : il s'agit de la fortune du couple Brown, dévolue à Philip et à ses descendants. Paul Fleurant trace l'héritier en question et quitte Montréal pour Joliette dans le but de le tenir à l'œil.

Un silence glacial planait à présent sur mon assistance figée. Le visage du courtier était devenu aussi livide que la crème glacée à la vanille préparée par papa. Il me fixait férocement, mains tordues, prêt à bondir sur la scène pour me mettre K.-O. Je fouillai ma poche à la recherche d'un feuillet, que je dépliai délicatement.

– Cet avis a été publié pendant douze mois consécutifs. Nous avons eu la chance d'en trouver un exemplaire à la bibliothèque de l'école. C'est son absence parmi ceux punaisés dans la salle d'attente de l'assureur qui m'a mis la puce à l'oreille. Le hasard a voulu que le journal imprime au verso une photographie des travaux de réfection de Saint-Elme. L'avis de recherche fait la description physique de Philip Brown, disparu en Angleterre en 1755. C'était un roux aux yeux bruns. Son héritier est parmi nous : c'est Bertholin Chamaillard.

Toutes les têtes, d'une même rotation, se tournèrent vers le garçon interloqué. Il ignorait sans conteste l'existence de son aïeul si fortuné.

– Bertholin Chamaillard porte en réalité le nom de Bertholin Ménard, expliqua ma grand-tante. Or, comme l'a découvert Vipérine, Ménard est la corruption du nom « Manhart », qui est lui-même la traduction anglaise de « homme-cerf », *man* et *hart*. Monsieur Fleurant, qui l'avait deviné, a fait admettre Bertholin au pensionnat sous le nom de Chamaillard afin de court-circuiter toute autre recherche d'héritier, ce qui aurait anéanti son travail de fin limier.

– C'est exact, ma mère, corrobora l'assureur. Madame Ménard m'a dûment autorisé à agir comme tuteur de

son fils pour récupérer son héritage, un héritage que les Brown ont d'ailleurs réservé à leurs seuls héritiers mâles. Bertholin ne devait apprendre la vérité qu'une fois les démarches avec l'Angleterre accomplies. Dès qu'il recevra son legs, je toucherai mes honoraires de détective. Pas un sou de plus.

– Paul Fleurant n'avait pas intérêt à ce que Bertholin meure dans un incendie, affirmai-je. Au contraire, il préférait le garder près de lui, à Saint-Elme. Il n'est donc pas notre pyromane.

L'assureur se tamponna le front avec un mouchoir de soie et se rassit.

– Personne ici n'a jamais douté de votre intégrité, cher ami, lui réitéra avec sympathie Omer Dumontel.

– Si vos intentions sont pures, monsieur l'apothicaire, je ne peux en dire autant de celles de votre épouse, cinglai-je. A beau mentir qui vient de loin.

– Pardon ? s'étouffa-t-il tandis que sa femme s'empourprait.

– Les capteurs de rêve indiens accrochés à vos fenêtres ont pour ainsi dire « capté » ma curiosité, expliquai-je. Qui d'autre qu'une autochtone pouvait-elle savoir que *niawen* voulait dire merci ? Les pensionnaires de Saint-Elme n'auraient pu ignorer longtemps que vous étiez comme eux de sang indien, Madame.

– Pas indien mais métis, ma chère ! corrigea abruptement la Germaine. Je me civilise comme le veut le

ministre Campbell Scott, moi ! Je ne suis pas une sauvage ou une révoltée comme cet abominable Louis Riel* …

– L'orgueil et la honte de vos origines vous ont poussée à commettre un crime, lui dis-je. Vous étiez prête à tout pour cacher votre métissage et pour accroître la fortune de votre mari. La destruction de l'école lui aurait permis de racheter le terrain de Saint-Elme et d'agrandir son domaine. En prime, cela vous aurait débarrassé de vos indésirables voisins qui chapardent dans votre poulailler.

– Mais que raconte-t-elle ? balbutia l'apothicaire. De grâce, Julienne, rétablissez la vérité ! Il n'y a pas de honte à être métisse !

– Ce sont des inepties, ne la croyez pas, mon chéri ! s'écria-t-elle en lui broyant la main.

– Mon attention a été attirée par les traces de lame double que vous avez laissées devant la porte extérieure de la salle 3B, poursuivis-je en la regardant froidement. Des marques identiques aux coupures infligées au tuyau des pompiers. Le soir de l'incendie, Paul Fleurant vous rend visite. Il offre à votre mari des patins à double lame dénichés chez Nicéphore Charland. Le père Cloridan surgit, vous informe de l'incendie et demande à téléphoner aux pompiers. L'assureur et l'apothicaire accourent à sa suite pour tenter d'éteindre le brasier. Vous les

* Héros canadien qui fut pendu pour avoir dirigé la résistance des métis.

rejoignez avec votre voiture une demi-heure plus tard.

– Le temps nécessaire pour me vêtir de façon adéquate, répliqua Julienne Dumontel d'un ton sec.

– Non : le temps nécessaire pour chausser les patins à double lame, que vous camouflez sous les caoutchoucs trafiqués de Paul Fleurant. Il les a perdus ce soir-là.

Ce dernier opina. Je pointai la Germaine d'un index accusateur :

– Vous avez délibérément piétiné la lance des pompiers avec ces patins pour saboter le travail des pompiers, déclarai-je. La lame a laissé des coupures identiques sur le tuyau et devant la salle de classe incendiée.

Je regardai gravement mon public.

– Madame Dumontel a prémédité un crime, réitérai-je avec force. Il lui a été facile de duper Ninette. Exploitant sa peur des fantômes, elle l'a convaincue d'allumer l'incendie avec de l'ammoniac. Elle n'allait pas permettre aux pompiers de l'éteindre par la suite ! La pauvre Ninette a été manipulée, elle n'est responsable de rien.

Julienne Dumontel se leva, raide et froide comme une barre de fer.

– Vous l'avez dit, Vipérine Maltais : il n'y avait plus d'ammoniac dans cette bouteille. Je ne suis donc pas votre pyromane. Mon seul crime est celui d'avoir piétiné un vieux tuyau de pompiers.

– Cet aveu nous prouve que vous avez perdu l'esprit, mon amie, fit son mari, les yeux rougis. Peut-être est-ce la cigarette que vous aviez fumée au cours de cette soirée du 31 mars ?

– Elle me venait de Ninette, soutint-elle.

– Même si vous aviez été droguée avec de la belladone, cela n'excuse en rien vos actes prémédités, murmura-t-il en s'épongeant les yeux.

Le pauvre homme semblait à présent aussi désarticulé qu'une marionnette à fils abandonnée dans un coin.

– Si la belladone a endormi Menon, elle n'a pas drogué son copain, reconnus-je. Bertholin a vu et entendu un soldat anglais à la porte de la 3B ; il a même remarqué qu'il lui manquait un doigt. L'individu le suppliait de lui ouvrir, de ne pas le laisser mourir de froid. Ce que Bertholin prétend avoir fait, malgré la porte condamnée. L'homme avait les cheveux roux, les yeux marron et portait un manteau militaire. Il s'est approché du radiateur avant de repartir dans la nuit. Qui était ce soldat demeuré invisible à Menon ? Il est surprenant de constater que sa description physique correspond en tout point à celle de l'avis de recherche de Philip Brown. Je vous souligne que Bertholin ignorait tout de l'histoire de celui-ci…

– J'ai vu le fantôme de mon ancêtre ! s'exclama Bertholin, les yeux brillants d'excitation. C'est lui le coupable ! C'est lui qui a mis le feu pour se venger du méchant médecin !

– Non, ce n'est pas lui, répondis-je catégoriquement.

– Mais alors, qui est le criminel ? me demandèrent-ils tous d'une même voix.

– Comme dirait Balzac, l'ignorance est encore plus injuste que la malice. Le coupable, c'est celui qui porte le chapeau, annonçai-je d'un ton énigmatique.

– Le chapeau ? Chapeau, mademoiselle Je-sais-tout ! Vous ne savez absolument rien ! aboya l'adjoint du proviseur.

– Je sais que l'incendie a été purement accidentel. Il n'a pas été allumé par une main criminelle, rétorquai-je.

– Quoi ?

Ils me dévisageaient, stupéfaits. J'aurais même juré que certains étaient déçus !

– Ce soir-là, frère Majorique, votre colère a provoqué une véritable catastrophe. Vous êtes sévère, mais vous ne battez pas vos élèves. Les biscuits que vous déposez sous leurs oreillers, dont la boîte vide sert à ranger vos cigares, me prouvent même que vous les aimez bien. Après avoir surpris vos pensionnaires à chiquer, vous avez passé vos nerfs à coups de règle sur la collection de couvre-chefs accrochée au-dessus du radiateur. Le lendemain, penaud, vous vous êtes débarrassé du casque dans une poubelle. C'est là que ma tante l'a trouvé.

Du bas de l'estrade, Saint-Ignace me tendit à bout de bras un sac de jute. Je m'en saisis pour déballer le casque à moitié calciné.

– Or, ce casque est celui d'un mineur, comme il s'en portait pour travailler sous terre. Il est muni d'une petite lampe à acétylène. Un premier coup de règle de fer a endommagé la bonbonne. Menon se souvient de l'odeur d'ail si particulière du gaz qui s'en échappait, particularité que nous a confirmée le guide des produits dangereux. Un deuxième coup a propulsé le casque sur le radiateur d'acier, provoquant une étincelle. Cette étincelle a suffi à enflammer le peu de gaz que pouvait encore contenir le réservoir, et à embraser le mur. Le feu s'est immédiatement propagé au bâtiment centenaire. Remercions le ciel que la bonbonne n'ait pas été remplie davantage : l'école se serait désintégrée sous l'effet de l'explosion.

Les bras ballants, je laissai le casque choir à mes pieds.

– Il y a donc eu deux crimes, pour lesquels je considère madame Dumontel comme seule responsable : une tentative d'incendie à l'ammoniac et le vandalisme de la lance d'incendie. Mais aucun de ces crimes n'a causé l'incendie. Le feu de Saint-Elme est un pur accident.

Ma représentation était terminée. Ma grand-tante souriait paisiblement. Devant moi, mon jury me fixait sans mot dire, trop interloqué pour établir quelque verdict que ce soit. Une seconde passa. Puis dix, pendant lesquelles seul me parvenait le bourdonnement endiablé d'une mouche, prisonnière derrière une vitre, et qu'avril venait de tirer de sa torpeur. Mes juges se levèrent

d'abord lentement, un à un. Soudain, comme une déflagration, ce fut l'ovation, le tonnerre d'applaudissements. On se mit à m'acclamer à tout rompre. Je saluai dignement. Mon regard s'accrocha alors à celui du frère Majorique, baigné de larmes. L'adjoint du proviseur serrait contre lui ses deux chenapans d'élèves, qui se suspendaient à son cou.

Épilogue

Je me souviendrai toute ma vie de ce premier repas au restaurant. Le petit café du square Dominion, à Montréal, était noir de monde en ce midi d'octobre. L'établissement venait d'ouvrir ses portes non loin du célèbre mais défunt *Café Freeman*. Devant le comptoir de zinc qui scintillait sous les lustres de cristal, des garçons accoutrés de tabliers et de nœuds papillons se tenaient au garde-à-vous. Les tables étaient placées en parallèle contre le mur fenêtré. Un gramophone diffusait en sourdine un quartet de Haydn, distillé par les délicieux fumets qui s'échappaient des cuisines. De passage dans la métropole, Paul Fleurant et Bertholin Ménard nous

avaient conviées pour le dîner, Saint-Ignace, Olivine, Alice et moi.

– Tu n'as pas faim, Vipérine ? s'étonna la nonne, les yeux braqués sur mon assiette où marinait toujours ma côte de bœuf au jus.

– Je suis trop heureuse ; ça m'a coupé l'appétit, fis-je, un peu gênée.

– Je la mangerai, moi, ta viande, si tu n'en veux pas, proposa Alice-la-gourmande, qui dirigea sa fourchette droit vers mon plat.

Après avoir rabroué l'impolie, la supérieure revint à son interlocuteur.

– Comme je vous le disais, ma mère, poursuivit le courtier d'assurances, Saint-Elme a définitivement fermé ses portes. Tous les enfants ont été renvoyés dans leur famille. Tous, sauf notre Bertholin.

Il tapota affectueusement l'épaule du jeune autochtone assis à sa droite, qui irradiait un bonheur paisible. Dès notre arrivée au café, Olivine et Alice s'étaient pâmées devant cet Apollon qui me dévisageait avec insistance. Empourprée comme une écrevisse, j'avais à peine reconnu Bertholin, tant celui-ci avait changé. Il ne ressemblait guère plus à cet être triste et chétif que j'avais connu six mois plus tôt. Une épaisse chevelure ébène couronnait à présent sa belle tête au port altier.

– Tu n'es pas resté seul à Saint-Elme, j'espère ? m'étranglai-je.

– Monsieur Fleurant m'a inscrit au collège du Mont-

Saint-Louis, où je reçois des leçons particulières et accélérées, répondit Bertholin avec un sourire. Maman tient à ce que je fasse des études pour gérer notre nouvelle fortune. Ma famille a déménagé à Montréal et vient me visiter tous les dimanches.

– Et je suis convaincu, ma damoiselle, que notre jeune ami obtiendra son diplôme avec brio, décréta Paul Fleurant. On m'a dit qu'il avait fait de remarquables progrès.

– Après tout, Bertholin est un pro du cinématographe, fis-je, en lançant au garçon un regard complice.

– Ouais…

Évidemment, lui seul comprit l'allusion. Où qu'elle soit, sa grand-mère pouvait être fière de son petit-fils : il observait à la lettre les conseils qu'elle lui prodiguait en rêve. Les événements s'étaient bousculés de façon si spectaculaire que je ne doutais pas un instant que Bertholin atteigne un jour le but qu'il s'était fixé.

– En tout cas, Vipérine connaît bien Octave Dufour ! s'exclama Olivine. Lui aussi étudie au Mont-Saint-Louis.

Elle battit des cils ensorceleurs. Le garçon posa sur moi un regard grave, ignorant ma sœur pourtant cent fois plus jolie.

– J'espère que tu viendras me visiter, me dit-il d'un ton fier. Octave Dufour est devenu mon meilleur copain…

Je m'empourprai et baissai les yeux.

– Moi aussi je viendrai te visiter, obtempéra ma coquette de Vivine.

Elle replaça son béret de travers, comme une actrice du Monument national.

– Tut ! Tut ! Tut ! la fit taire ma grand-tante, agacée. J'ai appris que le père Cloridan et son adjoint s'étaient trouvé des emplois à Québec. Qu'adviendra-t-il de l'école de Saint-Elme, mon cher monsieur, et de son projet expérimental ?

– Elle sera démolie, expliqua poliment le courtier qui sirotait un verre de vin rouge. L'apothicaire l'a rachetée avec le terrain pour agrandir ses plantations. Quant au projet, le ministre a renoncé, du moins pour l'instant, à ouvrir quelque pensionnat indien que ce soit dans notre belle province. Madame Dumontel a formé une ligue pour la défense des droits des peuples amérindiens et métis. Je crois que son mari lui a un peu forcé la main. Vous savez, ma mère, Julienne Dumontel a beaucoup changé depuis ces derniers événements. C'est un miracle que le père Cloridan n'ait pas porté plainte contre elle à la police. Après tout, elle a commis deux crimes : le déversement d'ammoniac et l'entrave au travail des pompiers.

– Ce n'est pas un crime qui a causé l'incendie, cher monsieur, mais un bête accident, répliqua la nonne avec une douceur conciliante. Consolons-nous du fait que, sans cette malheureuse affaire, des enfants mourraient encore de faim et de froid à Saint-Elme.

– Et sans l'incendie, nous n'aurions jamais connu Bertholin ! ajoutai-je vivement.

Soupirant de contentement, la religieuse me couva d'un regard tendre où perçait une certaine fierté... pour ne pas dire une fierté certaine ! Le garçon de table se présenta alors avec la carte du dernier service, celle des pâtisseries, des fruits et des fromages.

– À l'instar de cette enquête, terminons ce repas en beauté, plaida avec bonne humeur ma grand-tante Saint-Ignace. Un dessert particulier te ferait-il envie, ma chère Vipérine, toi qui répands tant de bonheur autour de cette table ?

Je ne pouvais manquer une si belle occasion.

– Je prendrais bien une crêpe, décidai-je sans hésiter.

– Une crêpe ? ronchonna-t-elle, en fronçant le nez avec dédain.

– Oui, ma tante : une belle crêpe... FLAMBÉE !

Le garçon de table ne comprit jamais les protestations hilares qui s'élevèrent dans le petit café. Je fis un clin d'œil à Bertholin : moi aussi, je me mettrais au cinématographe.

POST-SCRIPTUM

Entre 1800 et 1990, plus de cent trente pensionnats autochtones ont existé au Canada, dont cinq dans la province de Québec. Le taux de décès dans certains internats atteignait parfois cinquante pour cent, si on compte les enfants renvoyés à la maison pour mourir. On estime que plus de cinquante mille enfants y sont morts durant cette période. Déjà, en 1920, P. H. Bryce, chargé de l'inspection de ces écoles, concluait que ces institutions constituaient un crime national.

En mars 1998, le gouvernement du Canada a créé la *Fondation autochtone de guérison* pour s'attaquer aux séquelles et aux abus de toutes sortes subis par les enfants ayant vécu dans ces pensionnats.

Au Québec, on ouvrit le premier internat pour enfants autochtones en 1934. On ferma le dernier en 1980.

Table

L'auteur

Sylvie Brien est née au Québec en 1959. Elle a longtemps exercé la profession de notaire, avant de se consacrer entièrement à l'écriture, son plus grand rêve d'enfance. L'archéologie mythique, l'histoire et les phénomènes inexpliqués sont pour elle trois passions, qui nourrissent ses romans. Ils se distinguent tous par un étonnant mélange d'humour, de suspense et de mystère, qu'ils s'adressent aux enfants ou aux adultes. Après *Mortels Noëls*, Sylvie Brien signe ici la deuxième enquête de Vipérine Maltais.

L'illustrateur

Gianni De Conno est né en 1957 à Milan, où il vit toujours. Après des études d'art, il a mis son talent au service de la scénographie et du film d'animation. À partir de 1997, il s'est consacré plus particulièrement à l'édition jeunesse, et a illustré depuis une trentaine d'ouvrages. Ses créations ont été couronnées de très nombreux prix, italiens et internationaux.

Du même auteur

Pour la jeunesse

MORTELS NOËLS - « Les enquêtes de Vipérine Maltais »
Éditions Gallimard Jeunesse

« Pierrot et le village des fous » (6 volumes)
Éditions Porte-bonheur

LA FENÊTRE MALÉFIQUE
M COMME MOMIE
Éditions Hurtubise HMH

Pour les adultes

GAIUS
BÉRYL
Éditions du Cram

Dans la même collection

FIN AOÛT, DÉBUT SEPTEMBRE
Jean-Paul Nozière / N° 1

MARIE-BANLIEUE
Martine Delerm / N° 2

RAPT À BRANCHECOURT
Yves Hughes / N° 3

ROCAMBOLE ET LE SPECTRE DE KERLOVEN
Michel Honaker / N° 4

J'AI PENSÉ À VOUS TOUS LES JOURS
Loupérigot / N° 5

DE L'AUTRE CÔTÉ DU CIEL
Évelyne Brisou-Pellen / N° 6

L'ATTRAPE-MONDES
Jean Molla / N° 7

LE BOURREAU DE LA PLEINE LUNE
Michel Honaker / N° 8

POIDS PLUME
Nicky Singer / N° 9

GUERRE SECRÈTE À VERSAILLES
Arthur Ténor / N° 10

JEREMY CHEVAL
Pierre-Marie Beaude / N° 11

CACHE-CACHE MORTEL
Michel Grimaud / N° 12

Dans la même collection

ROCAMBOLE ET LES MARIONNETTES DE LA MORT
Michel Honaker / N° 13

COMMENT DISPARAÎTRE ET NE JAMAIS ÊTRE RETROUVÉ
Sara Nickerson / N° 14

LA BALLADE DE CORNEBIQUE
Jean-Claude Mourlevat / N° 15

MYSTÈRE ET CRAPAUDAILLE
Yves Hughes / N° 16

CHIEN-DE-LA-LUNE (LES MAÎTRES DES BRISANTS, I)
Erik L'Homme / N° 17

MARCUS ET LES BRIGANTES
Alice Leader / N° 18

ROCAMBOLE ET LE PACTE DE SANG
Michel Honaker / N° 19

LE GARDIEN
Malcolm Peet / N° 20

LA TROISIÈME VENGEANCE DE ROBERT POUTIFARD
Jean-Claude Mourlevat / N° 21

CHEVALIERS DE LA LICORNE
Yves Hughes / N° 22

MORTELS NOËLS (LES ENQUÊTES DE VIPÉRINE MALTAIS)
Sylvie Brien / N° 23

PIÈGE EN FORÊT
Laurence Ink / N° 24

ROCAMBOLE ET LE DIABLE DE MONTROUGE
Michel Honaker / N° 25

EMBROUILLES À MA FAÇON
Alain Wagneur / N° 26

LE SECRET DES ABÎMES (LES MAÎTRES DES BRISANTS, II)
Erik l'Homme / N° 27

MON COPAIN SQUELETTE
Gilles Barraqué / N° 28

IL FAUT SAUVER ATHÈNES !
Alice Leader / N° 29

JIMMY COATES : ASSASSIN ?
Joe Craig / N° 30

LES PASSE-VENTS
Alain Grousset / N° 31

ROCAMBOLE ET LA SORCIÈRE DU MARAIS
Michel Honaker / N° 32

JULIEN D'OMBRES (LE ROYAUME DES EUMÉNIDES, I)
Patrick Delperdange / N° 33

DONJON MAUDIT
Yves Hughes / N° 34

Imprimé en Italie
par LegoPrint

Correction et PAO : Belle Page

Dépôt légal : janvier 2006
N° d'édition : 138091
ISBN : 2-07-057282-X
Loi n° 49-956 du 16 juillet 1949
sur les publications destinées à la jeunesse